剣客春秋親子草

恋しのぶ

目次

装幀　平川　彰
（幻冬舎デザイン室）
装画　西のぼる

第一章　入門者

1

「ちさどの、後ろのふたり……」

吉村新平《よしむらしんぺい》がちさに身を寄せ、小声で言った。吉村の陽《ひ》に灼《や》けた顔に、緊張の色がある。

そこは、神田、浅草御門に近い柳原《やなぎわら》通りである。ちさと吉村、それに平吉《へいきち》という下男が、足早に筋違《すじかい》御門の方にむかって歩いていた。

ちさたち三人は、いずれも旅装束だった。陸奥国《むつのくに》松浦藩《まつうらはん》、七万石の領内を出て中山道《なかせんどう》をたどり、江戸へ入ったところである。

「われらを尾《つ》けているようです」

ちさは、浅草御蔵の前を過ぎ、鳥越橋を渡ったときから、背後にいる三人の武士に気付いていた。三人の武士は、いずれも小袖《こそで》にたっつけ袴《ばかま》で草鞋《わらじ》履き、網代笠《あじろがさ》をかぶっていた。ちさは三人の身辺に殺気があるような気がし、ときおり背後に目をやっていたのだ。

三人の武士は、ちさたちが浅草橋を渡り、柳原通りに出ても、ほぼ同じ間隔を保って尾けていた。

「国許《くにもと》からの追っ手でしょうか」

吉村が顔をけわしくして言った。

吉村は二十代半ばであろうか。眼光の鋭い剽悍《ひょうかん》そうな顔をしていた。中背で胸が厚く、腰が据わっている。武芸の修行で鍛えた体らしい。

「そうとは思えません。これまでの長旅で、三人の姿を見かけたことはないのです」

ちさも緊張しているようだが、怯《おび》えや恐怖の色はなかった。

ちさは女ながら、腕に覚えがあった。子供のころから、父の小暮武左衛門《こぐれぶざえもん》が道場主だった道場で、小太刀《こだち》を学んだのである。

小暮は加賀国前田家にひろまった富田《とだ》流の遣い手《つかて》で、剣、小太刀、居合《いあい》などを指南していた。富田流の流祖は富田九郎左衛門《くろうざえもん》。その孫の景政《かげまさ》が前田利家に仕え、富田流は加賀でひろまった。その後、名人越後《めいじんえちご》と謳《うた》われた富田越後守重政《しげまさ》、中風越後《ちゅうふうえちご》といわれた名人の富田越後守重康《しげやす》などを輩出する。

小暮道場は、武左衛門の祖父、治五郎《じごろう》がひらいたものである。治五郎は兵法修行のために諸国をまわり、加賀で富田流を修行して精妙を得、さらに剣と小太刀だけでなく、居合、棒なども修行した後、松浦藩の領内に腰を落ち着けて道場をひらいたのだ。そのため、小暮道場で指南するのは富田流とすこしちがって、居合、棒なども含まれた総合武術であった。

同行している吉村も小暮道場の門弟で、富田流の遣い手であった。吉村は剣の他に棒も巧みであった。

「ち、ちささま、後ろの三人は、おらたちを襲う気のようだ」

ちさの背後にいた平吉が、震えを帯びた声で言った。

平吉は初老だった。長く、小暮家に仕える下男である。丸顔で肌が浅黒く、糸のように細い目をしていた。その顔が怯えたようにゆがんでいたが、ちさにむけられた目には必死さがあった。ちさを守ろうとする強い気持ちがあるようだ。平吉はちさが赤子のときから仕え、幼児のときは子守をしたこともあって、ちさに対しては肉親のような情を持っていたのである。

ちさは十八歳。茶の小袖に黒袴、草鞋履きで小脇差《こわきざし》を帯びていた。小太刀を遣うために、大刀はいらなかったのだ。

ちさは女であったが、若侍のように身を変えていた。長い髪を無造作に後ろに束ねている。腰に打飼《うちがい》を巻き、網代笠を手にしていた。小袖や袴は埃《ほこり》をかぶったように色褪《いろあ》せ、苦難の長旅を思わせるものだった。

行き交う人は、ちさを目にとめても女と思わなかったかもしれない。身装《みなり》もそうだが、面長《おもなが》の陽に灼《や》けた顔には、男のようなきびしさがあった。ただ、その体をよく見ると、胸のふくらみや腰まわりなどに女らしい起伏と柔らかさがある。

ちさはそれとなく背後に目をやり、

「襲ってくるかもしれません」

と、小声で言った。

背後の三人はすこし足を速めたらしく、間がつまってきた。

暮れ六ツ（午後六時）前だった。陽は西の家並の向こうに沈みかけていた。柳原通りは、淡い夕陽に染まり、行き交う人の影がぼんやりと伸びている。仕事を終えた大工や出職《でしょく》の職人、供連れの武士、風呂敷包みを背負った行商人などが、日没に急《せ》かされるように足早に通り過ぎていく。

通り沿いには古着を売る床店《とこみせ》が並んでいたが、あちこちの店がまわりを葦簀《よしず》で囲い始めていた。そろそろ店仕舞いするらしい。

「近付いてきます！」

吉村が後ろをむきながらうわずった声で言った。

見ると、三人の男は小走りになっていた。いずれも左手で鍔元《つばもと》を握り、すこし前屈《まえかが》みの格好だった。獲物を追う獣のようである。

ちさたちも小走りになったが、背後の三人の方が速かった。ちさたちが足を速めたのを見て、駆けだしたのである。ちさたちとの間はすぐにつまった。

「に、逃げられねえ！」

平吉が悲鳴のような声を上げた。

「闘うしか、ありません」

ちさが目をつり上げて言った。気丈そうな顔である。

「承知！」

吉村がうなずいた。

ちさと吉村は手にした網代笠を路傍に投げ捨て、柳が植えられている土手を背にして立った。平吉はちさの左手にまわり込んで腰の脇差に手をかけたが、顔は蒼《あお》ざめ、体が顫《ふる》えている。

三人の武士はばらばらと走り寄り、ちさと吉村をとりかこむように三方に立った。まだ、網代笠はかぶったままである。

「うぬら、何者だ！」

吉村が鋭い声で誰何《すいか》した。

三人は無言のまま刀の柄《つか》に右手を添えている。

「松浦藩の者か」

さらに、吉村が訊《き》いた。

ちさは正面に立った中背の武士を睨《にら》むように見すえていた。顔は見えなかったが、髭《ひげ》の濃い頤《おとがい》が見えた。

……遣い手だ！

と、ちさは察知した。

武士の胸は厚く、首が太かった。肩幅がひろく、腰まわりがどっしりしている。着物の上からも、全身が鋼《はがね》のような筋肉におおわれているのが見てとれた。武芸の修行で鍛え上げた体である。

「問答無用」

中背の武士が抜刀した。

すると、他のふたりも抜いた。長身の武士が吉村の前に立ち、もうひとりの痩身《そうしん》の武士が、平吉の脇に立って切っ先をむけた。いずれも、遣い手のようである。

「そなたたち、天羽《てんぱ》流の者か」

ちさが、小脇差を抜いた。つづいて吉村が抜刀し、平吉が体を顫わせながら脇差を抜いた。

三人の武士は無言だった。

敵味方六人の手にした刀が、夕陽を反射《はね》て淡い茜色《あかねいろ》を帯びてひかっている。

これを見た通りかかった者たちが、「斬《き》り合いだ！」「逃げろ！」「巻き添えを食うぞ！」などと叫びながら、慌てて逃げ散った。

2

戛《かつ》、戛《かつ》、と乾いた音がひびいていた。

お花《はな》が、木刀で榎《えのき》の幹をたたいていた。一抱えもある太い幹である。お花は七歳。前髪を結い、芥子坊《けしぼう》を銀杏髷《いちょうまげ》にする年頃だが、お花は長く伸びた髪を後ろで束ねているだけである。ただ、女児《おんなのこ》らしく、後ろで髪を束ねるのに綺麗な赤い布を使っていた。

お花は裾の短い単衣《ひとえ》を後ろ帯に挟み、ヤッ！　ヤッ！　と気合を発しながら榎の幹をたたいていた。

神田豊島町にある一刀流中西派、千坂《ちさか》道場の母屋《おもや》の前にある庭である。庭といっても、植木や庭石などはなく、なかほどに太い榎が一本、枝葉を茂らせているだけである。

「花、もう日が暮れますよ。剣術の稽古《けいこ》は、おしまいにしたら」

母屋の縁側から、お花の母親の里美《さとみ》が声をかけた。

里美は二十代半ば。母親らしく丸髷を結っていたが、色白で目鼻だちのととのった顔には若妻らしい色香が残っていた。

里美は武家の妻女らしく眉《まゆ》を剃《そ》ったり、鉄漿《かね》をつけたりしなかった。里美は、剣術道場を遊び場として男たちのなかで育ったせいか、化粧や眉を剃ったり鉄漿をつけたりすることを好まなかったのだ。

その里美のそばで、お花の父親であり、千坂道場の主《あるじ》でもある千坂彦四郎《ひこしろう》が座し、里美の淹《い》れてくれた茶を飲んでいた。

彦四郎は何も言わず、目を細めてお花を見ている。その顔には、若い父親が愛娘を慈しむ表情があった。

お花は木刀を下ろすと、彦四郎の前に走り寄って、

「父上、剣術を指南してください」

と、言った。白い顔が紅葉《もみじ》のように紅潮し、額《ひたい》に汗が浮いていた。澄んだ黒眸《くろめ》がちの目で、彦四郎を見つめている。

お花は、榎の幹を木刀でたたくことに飽きてきたようだ。

「そうだな。今度、稽古が終わった後、道場で竹刀《しない》を振ってみるか」

彦四郎が笑みを浮かべて言った。

彦四郎はそろそろ三十になろうかという年齢だった。里美といっしょになったころは、鼻筋のとおった端整な面立《おもだ》ちで、役者にしてもいいような美丈夫だったが、ちかごろは剣術の道場主らしい威厳と剣の遣い手らしい厳しさがくわわってきた。ただ、胸の内には、経験の浅い道場主にありがちな迷いや不安もあった。

「はい」

お花は嬉《うれ》しそうに返事し、また榎のそばに行ってひとりで木刀を振り始めた。

里美は榎の幹にむかって木刀を振るお花の背を見ながら、

「彦四郎さま、花は女ですよ」

と、微笑《ほほえ》みながら言った。

里美は、まだ彦四郎さまと呼んでいた。千坂道場でいっしょに稽古していたころの呼び方のままである。

「いいではないか。それにしても、花は里美とそっくりだな」

里美は子供のころから門弟たちにまじって剣術の稽古をし、娘のころは千坂道場の女剣士と呼ばれていた。そのころ彦四郎も門弟として、里美とともに稽古をしていたのだ。

榎の樹肌には、所々削られたような痕《あと》があった。里美が子供のころ、ここで木刀を振り、幹をたたいた傷痕である。

榎は黙って立っているだけだが、里美とお花の母娘《ははこ》二代にわたって、剣術の稽古相手になっているのだ。

「花は、彦四郎さまにおまかせして、夕餉《ゆうげ》の支度をしましょうか」

そう言って、里美が立ち上がったときだった。

道場の脇から走り込んでくる人影が見えた。

門弟のひとり、若林信次郎《わかばやししんじろう》だった。走りづめで来たのか、顔に汗が浮き、荒い息を吐いていた。

「お師匠、大変です！」

若林がうわずった声で言った。

「どうしたのだ」

「柳原通りで、斬り合っています」

「だれが斬り合っているのだ」

彦四郎は腰を上げた。門弟ではないかと思ったのだ。

里美も立ったまま若林に目をむけていた。お花も木刀を手にしたまま若林のそばに来て、真剣な目差《まなざし》で彦四郎と若林を交互に見上げている。

「だれか分かりませんが、通りかかったとき、六人で斬り合っていました」

「大勢だな」

だが、何人で斬り合っていようと、門弟や知己でなければ自分とはかかわりのないことだと彦四郎は思った。

「川田《かわた》さんと佐原《さはら》が、助太刀にくわわったのです」

若林が声を大きくして言った。

「なに！　川田と佐原が」

川田清次郎《せいじろう》と佐原欽平《きんぺい》は、千坂道場の門弟だった。川田は若林より年長で、佐原は若林と同年齢である。

若林、川田、佐原の三人は午後の稽古が終わった後、道場に残って一刀流の型稽古に取り組んでいた。そして、半刻《はんとき》（一時間）ほど前に道場を出たはずである。

若林たち三人は、いずれも御家人《ごけにん》の子弟で、屋敷は御徒町《おかちまち》にあった。家に帰る途中、柳原通りに出る。そこで、六人が斬り合っているところに出くわしたのであろう。

川田と佐原が斬り合いにくわわり、若林が急を知らせに道場にかけもどったにちがいない。

「若林、行くぞ！」

彦四郎は、里美、出かけてくる、と言い置き、すぐに縁先に脱いであった草履を履いた。

彦四郎が若林につづいて庭から出ようとすると、お花が目をつり上げ、木刀を手にしたまま追ってきた。彦四郎といっしょに行くつもりらしい。

「花、待ちなさい！」

里美が慌ててお花を追いかけ、後ろから抱きしめた。

「わたしも、行く」

というお花の声が、背後で聞こえた。

柳原通りは、淡い暮色に染まっていた。すでに陽は沈んでいたが、西の空に血を流したような残照がひろがっていた。まだ、ぽつぽつと人通りはあったが、ひっそりとして土手に植えられた柳がサワサワと風に枝葉を揺らしている。

「お師匠、あそこです！」

若林が指差した。

神田川にかかる新《あたら》シ橋のたもと近くに、何人もの人影が見えた。七、八人いるだろうか。気合や怒号が聞こえた。黒い人影が入り乱れ、夕闇のなかで刀身がきらめいている。

すこし離れた路傍には、野次馬が集まっていた。

……急がねば！

彦四郎は、懸命に走った。

相手は何者か知れないが、川田と佐原が斬り殺されるかもしれない。

3

……川田と佐原は、無事だ！

彦四郎は数人の男が入り乱れて闘っているなかに、川田と佐原の姿を目にとめた。ふたりとも必死の形相《ぎょうそう》である。川田は単衣の右袖が斬られて裂けていたが、血の色はなかった。佐原は無傷である。

闘っている者たちは、いずれも旅装束のように見えた。御家人や江戸勤番の藩士ではないようだ。網代笠をかぶったままの男も三人いた。ひとりは敵刃《てきじん》をあびたらしく、肩先から胸にかけて着物が裂け、血の色があった。

「待て！」

彦四郎は斬り合いのなかに駆け込み、川田の前に走り寄った。川田があやういと見たのである。

そのとき、川田は中背の武士と対峙《たいじ》していた。川田は武士に切っ先をむけていたが、腰が引けていた。相手に圧倒されている。

三人の武士が網代笠をかぶっていた。顔を見られたくないのかもしれない。

「お、お師匠！　この者たちが――」

川田が後じさりながら言った。目がつり上がり、顔に恐怖と怯えの表情があった。助けに入ったのはいいが、相手が遣い手で太刀打ちできないのだろう。

「女を襲っていたので、助けようとして」

さらに、川田が言った。

「女だと」

咄嗟《とっさ》に、彦四郎は何のことか分からなかった。見たところ女の姿はなく、男たちが入り乱れて闘っているように見えたのだ。

「うぬも、邪魔だてするか！」

中背の武士が、苛立《いらだ》ったように言った。

「そこもとたちが引かねば、やるしかない」

彦四郎は刀を抜いた。ともかく、川田たちを助けるために闘わねばならない、と彦四郎は思った。

「おのれ！」

表情は分からなかったが、武士の声に怒りのひびきがくわわった。

彦四郎は青眼《せいがん》に構え、切っ先を敵の目線につけた。

対する武士は八相《はっそう》に構えた後、両肘《ひじ》を低くし、切っ先を右手にむけて刀身を寝かせた。両膝《ひざ》をすこしまげ、腰を沈めている。

……この構えは！

奇妙な構えだった。八相に似ているが、すこしちがう。彦四郎は初めて目にする構えだった。

ふたりの間合は、およそ三間半。まだ、遠間《とおま》だった。

武士が、腰を沈めた身構えのまま足裏を摺《す》るようにしてジリジリと間合を狭めてきた。

右手にむけた刀身が、夕闇のなかで仄白《ほのじろ》くひかり、すこしずつ迫ってくる。

……こやつ、できる！

と、彦四郎は察知した。

武士の構えは寄り身にもくずれず、右手にむけた刀身に揺れがまったくなかった。眼前に刀身だけが迫ってくるような威圧感がある。

だが、彦四郎は臆さなかった。全身に気勢を込め、剣尖《けんせん》の威圧で敵を攻めた。気攻《きぜ》めである。

と、武士の刀身がわずかに揺れた。彦四郎の剣尖の威圧を受け、彦四郎が並の遣い手でないと察知して驚いたらしい。その驚きが体を硬くし、刀身を揺らしたのだ。

だが、武士の刀身の揺れはすぐに収まった。己の動揺を消したらしい。武士は全身に斬撃《ざんげき》の気配を見せて、さらに間合をつめてきた。

一足一刀の斬撃の間境《まざかい》に迫ったとき、いきなり、武士が仕掛けた。

シャアッ！

甲走《かんばし》った鋭い気合を発しざま、刀身を横にはらった。俊敏な動きである。

刃光が、彦四郎の眼前を横一文字にはしった。

その刃光に、彦四郎が目を奪われた次の瞬間、武士の体が躍動した。

……斬られる！

と、彦四郎は頭のどこかで感知し、上体を後ろに倒しながら身を引いた。咄嗟に、体が反応したのである。

瞬間、武士が前に跳びざま真っ向へ斬り落とした。

横一文字から真っ向へ。迅速で、異様な連続技である。

彦四郎が左頰《ひだりほお》に刃風を感じた瞬間、バサッ、と肩から胸にかけて着物が裂けた。

次の瞬間、ふたりは背後に大きく跳んで間合をとった。

……なんだ、この剣は！

彦四郎の全身に鳥肌がたった。武士は予想もしなかった刀法を遣ったのである。

ふたたび彦四郎は青眼に、武士は奇妙な八相に構えた。

彦四郎の着物が肩から胸にかけて裂けていたが、肌に血の色はなかった。咄嗟に、上体を倒しながら身を引いたため、武士の斬撃から逃れられたのだ。

「よくかわしたな」

武士がくぐもったような声で言った。網代笠の下から覗《のぞ》いた口許に薄笑いが浮いている。次は、仕留められるという余裕かもしれない。

「いくぞ！」

武士は腰を沈めたまま足裏を摺るようにして間合を狭めてきた。

そのときだった。グワッ、という呻《うめ》き声が聞こえ、長身の武士が身をのけぞらせた。肩先に斬撃をあびたらしい。着物が裂け、血の色があった。だが、浅手のようだ。長身の武士は後ろによろめいたが、すぐに体勢をたてなおして奇妙な八相に構えた。この男も、中背の武士と同じように切っ先を右手にむけ、腰を沈めている。中背の男と同じ技を遣うらしい。

長身の武士を斬ったのは、すらりとした肢体の武士だった。髪を無造作に後ろで束ねている。武士が手にしているのは、小脇差だった。小太刀を遣うらしい。

長身の武士が斬られたのを見た中背の武士は、すばやく後じさって彦四郎との間合をとると、

「引け！」

と一声上げて、反転した。このままでは、味方があやういとみたようだ。この男が、頭格《かしらかく》らしい。

すぐに、網代笠をかぶった他のふたりも後じさり、間合を取ると、きびすを返して走りだした。動きも俊敏である。剣だけでなく、体術も身につけているのかもしれない。

その場に残ったのは旅装の三人と、千坂道場の彦四郎たち四人である。七人はその場に立ったまま、逃げる三人の背に目をむけていた。

三人の後ろ姿が夕闇にまぎれると、髪を無造作に束ねた武士とがっちりした体軀《たいく》の武士が、彦四郎のそばに走り寄った。がっちりした体軀の武士が、肩から胸にかけて袈裟《けさ》に斬られていた。着物が血に染まっていたが、それほどの深手ではないらしい。

「お助けくださり、かたじけのうございます」

髪を後ろで束ねた武士が、彦四郎に頭を下げて言った。女のように細いひびきのある声である。

……女か！

と彦四郎は思い、あらためて武士の顔を見た。

彦四郎にむけられた顔は陽に灼けて浅黒かったが、切れ長の目や形のいいちいさな唇に女ら

しさがあった。それに、小袖と袴の上から、しなやかな肢体、胸のふくらみ、腰まわりの女らしい起伏などが見てとれた。やはり、女である。

よほどの事情があってのことであろう。女ながら武士の装束に身をつつみ、長旅をしてきたようだ。それに、小太刀を巧みに遣うらしい。

川田が、女が襲われていたと口にしていたが、この女のことであろう。

「それがし、千坂彦四郎でござる」

彦四郎が名乗ると、後ろに集まっていた川田たち三人がそれぞれ名を口にした後、彦四郎が道場主であり、自分たちが門弟であることを言い添えた。

女は己の名を口にせず、

「流名をお聞かせいただけましょうか」

と、彦四郎を見つめて訊いた。

「一刀流でござる」

彦四郎は隠すこともないと思い、流名を口にした。

「一刀流……」

女の顔に、驚きと畏敬《いけい》の表情が浮いた。まだ若い彦四郎が、名高い一刀流の道場主と聞いたからであろう。

だが、女はすぐに表情を消し、

「われらは、陸奥国から参った者でございます。ゆえあって、いまは名乗ることができませぬ」

と、言った。声は女だが、物言いは男のものである。

すると、女の脇に控えていた傷を負った武士が、

「今日は急いでおりますゆえ、いずれあらためてご挨拶にうかがわせていただきます」

武士は、これにて、と言い残し、女をうながして控えていた下男らしき者とともにその場から離れた。

彦四郎は、足早に去っていく三人の後ろ姿を見ながら、髪を無造作に後ろに束ねた女のことが妙に気になった。

……若いころの里美のようだ。

と、彦四郎は思った。里美も若いころは長い髪を根結い垂れ髪にし、袴姿で二刀を帯び、若侍のような格好をして町を歩いていた。しかも、去っていく女と同じように剣の遣い手だった。

三人の姿が、彦四郎から逃げるように夕闇のなかに薄れていく。

川田たち三人が、彦四郎の脇に来て、

「お師匠、お助けいただき、ありがとうございました」

と声をそろえて言い、頭を下げた。

彦四郎は苦笑いを浮かべて、気をつけて帰れよ、と声をかけて、里美とお花が待っている我

が家の方へ歩きだした。

4

お花は、竹刀を手にして誇らしげに立っていた。門弟たちの稽古着と同じように、筒袖と短袴姿である。里美が、お花のために稽古着の布で縫ってやったのだ。竹刀は定寸より短く二尺ほどしかなかった。竹刀の割竹を切りつめて作ったものである。

お花は道場の隅に立って、彦四郎を見上げていた。

「花、振ってみるか」

彦四郎が笑みを浮かべて言った。

「はい！」

お花は目を瞠《みひら》き、ちいさな唇をひき結んでいる。

「まず、青眼の構えからだな」

彦四郎は、お花に構えから教えるつもりだった。女のお花を剣術遣いに育てようとは思わなかったが、女であっても己の身を守るために剣術を身につけるのも悪いことではないだろう。

道場では、若林や川田ら若い門弟が十人ほど木刀を振っていた。午後の稽古が終わった後、居残りで稽古をつづけていたのである。

千坂道場の門弟は三十人ほどで、近隣の御家人や小身《しょうしん》の旗本の子弟がほとんどである。稽古時間は、朝が五ツ（午前八時）から四ツ半（午前十一時）まで、午後は八ツ半（午後三時）から一刻（二時間）ほど、ということになっていた。ただし、午後の稽古は参加も時間も自由で、道場をあけておくから勝手に稽古をしてよいという程度のものである。

七ツ（午後四時）ごろだった。若林たちは、素振りや打ち込み稽古などをした後、二手に分かれて組太刀《くみだち》の稽古を始めた。

千坂道場では入門したばかりの初心者に、まず一刀流の基本である青眼、上段《じょうだん》、下段《げだん》、陰《いん》、陽《よう》、本覚《ほんかく》、霞《かすみ》、脇構《わきがま》え、陰剣《いんけん》の九の構えを身につけさせた。

九の構えが身につくと、素振り、打ち込みなどをやらせた後、組太刀の稽古を始める。組太刀は型の決まった刀法を打太刀《うちだち》（指導者）と仕太刀《しだち》（学習者）に分かれて、学ぶのである。

道場では、若林たちが木刀の素振りを終え、三組六人が二手に分かれて組太刀の稽古を始めていた。道場が狭いので、三組が限度である。他の者は、見取《みと》り稽古《げいこ》をしながら稽古場があくのを持っているのだ。見取り稽古は、上級者の稽古を見て学ぶのである。

彦四郎が言った。

「花、青眼に構えてみろ」

「はい」

お花は、すぐに青眼に構えた。ふだんから、お花は道場に出入りし、若い門人の真似をして竹刀を構えたり振ったりしていたので、いくつかの構えは知っていた。

だが、構えになっていなかった。竹刀の柄の鍔元を両手で握り、竹刀の先は天井をむいている。

「竹刀は、こう握るのだ」

彦四郎はお花のちいさな手を取ると、左手で柄頭を、右手で鍔元を握らせた。

「そしてな、竹刀の先を平らよりすこし上にむけるのだ」

彦四郎は、竹刀を手にし、伸ばした先が相手の喉元《のどもと》に来るあたりに下げてやった。

「上手だぞ。次は素振りだ」

「は、はい！」

お花は、目をかがやかせた。色白の顔が、熟した桃のように上気して赤らんでいる。

「いいか、振りかぶったら、この竹刀をたたいてみろ」

彦四郎は別の竹刀を手にし、お花の脇から竹刀を横にして差し出した。お花が振り下ろしたときに、ちょうど竹刀の先が当たるほどの距離である。

ヤアッ！

お花が気合を発し、竹刀を振り下ろした。

バシッ、と音がし、竹刀の先が彦四郎の手にした竹刀をたたいた。

「上手だ！」

彦四郎が目を細めて言った。

初めてにしては、真《ま》っ直《す》ぐ振り下ろしていた。筋はいい。やはり、里美や里美の父親の血を引いているようだ、と彦四郎は思い、笑みがこぼれたのだ。ただ、すぐに胸の内で、親馬鹿かもしれん、と己に言った。一度竹刀を振り下ろしただけで、筋がいいも何もないのである。

「花、もう一度」

「はい」

お花は、また振りかぶって竹刀を振り下ろした。

そうやって、お花が何度か竹刀を振り下ろしたとき、川田が彦四郎のそばに来て、

「お師匠、客人です」

と、小声で言った。顔に緊張した表情がある。

「だれかな」

彦四郎は、お花の前に竹刀を差し出したまま訊いた。

「柳原通りで助けた人たちです」

川田がそう言ったとき、
ヤッ！　と短い気合を発し、お花が竹刀を振り下ろした。

バシッ、と音がし、彦四郎の竹刀が大きく下がった。その拍子に、お花の体が前につんのめるように泳いだ。

「花、ここまでだ」

彦四郎は慌てて立ち上がった。

川田につづいて道場の戸口に出ると、土間に三人立っていた。ふたりは見覚えのある顔だった。武士ふうに身を変えた女と、がっちりした体軀の武士である。もうひとりは、二十代半ばと思われる武士だった。眼光が鋭く、眉が濃い。武辺者《ぶへんしゃ》らしいいかつい面構《つらがま》えである。羽織袴姿で二刀を帯びていた。御家人か、江戸勤番の藩士といった格好である。

「そのせつは、お助けいただき、かたじけのうございました」

そう言って、女が頭を下げると、脇に立っていたふたりも頭を下げた。

「いや、たまたま道場の者が通りかかり、あのようなことに……」

彦四郎は、三人を助けたとは思っていなかった。

襲撃者のひとりと立ち合ったとき、彦四郎は押されていたのだ。あのままつづけていれば、後《おく》れをとったのは彦四郎だったかもしれない。

「助けていただいた上に厚かましいことですが、願いの筋があってまいりました」

眉の濃い武士が言った。野太い声である。

「何で、ござろう」

彦四郎が訊いた。

「われら三人は、千坂さまの道場に入門させていただきたく、まかりこした次第でござる」

眉の濃い武士の物言いは、ひどく丁寧だった。道場主の彦四郎に気を遣っているらしい。

「入門ですか」

思わず、彦四郎が聞き返した。思いもしなかったことだった。

そばに座している川田も、驚いたような顔をして三人を見つめている。

「いかさま」

眉の濃い男が言うと、他のふたりも頭を下げた。どうやら、眉の濃い男はふたりより身分が高いらしい。

「そういう話なら、奥で聞きましょう」

彦四郎は、三人を道場に上げた。道場主として、入門の話を道場で立ったまますするわけにはいかないと思ったのである。

脇にいた川田にお花のことを頼み、彦四郎が三人を奥に案内した。

道場につづいて、狭い客間があった。客間といっても六畳の狭い座敷で、畳が敷いてあるだけである。二年ほど前に道場を拡張したとき、来客の応対のために増築したものだ。

5

座敷の障子をあけると、庭の榎が正面に見えた。空にひろがった枝葉が西陽を浴びて茜色を帯び、仄かな炎《ほむら》を上げているようにかがやいている。

静かな夕暮れ時だった。障子の間から、涼しい風が流れ込んでいる。

彦四郎は対座すると、

「名前を聞かせていただけようか」

と、三人に目をむけて言った。入門するからには、名前も身分も話してもらいたかった。

「それがし、松浦藩の家臣、木崎豊之助《きざきとよのすけ》にございます」

眉の濃い男が言った。

「同じく、松浦藩、家臣、吉村新平にございます」

吉村が名乗った。

後で分かったことだが、木崎は松浦藩の目付《めつけ》で、吉村は木崎の配下の下目付であった。

松浦藩の目付は藩士の勤怠を監察したり、家臣たちがかかわった事件の探索などをする役目だという。

「わたしは、松浦藩の領内で剣術道場をひらいている小暮武左衛門の娘、ちさにございます。

……松浦藩にお仕えしていた兄、達之助《たつのすけ》が落命いたしたため、代わりに出府いたしました」

ちさが、けわしい顔をして言った。兄の身代わりとはいえ、女ながら男の格好をして出府したのは、特別な事情があってのことだろう。

「すると、ちさどのの御尊父は、道場主ですか」

彦四郎は身を乗り出すようにして訊いた。

道場主の娘ということであれば、里美と同じような境遇に育ったのではあるまいか。小太刀を身につけたのはそのせいらしい。

「はい」

ちさは小声で答えて、膝先に視線を落とした。

「して、流名は」

彦四郎が訊いた。

「小暮流と称しておりますが、富田流の流れをくんでおります」

「富田流とな」

彦四郎は富田流を知っていた。富田流は加賀にひろがる一派で、剣だけでなく小太刀の遣い方が精妙だと聞いていた。ただ、江戸に富田流の道場はないし、彦四郎は富田流を遣う者と会ったこともなかった。それに、富田流の道統を継いでいる者が実在しているのかも知らなかったのだ。

彦四郎が黙考していると、

「ちさどのの曾祖父にあたられる小暮治五郎どのが、富田流を学んだ後、さらに修行を重ね、自らの刀法を工夫されたと聞いております。それゆえ、領内では富田流ではなく小暮流と呼んでおります」

木崎が言った。

「小暮流……」

小暮流も初めて耳にする流名だった。

「木崎さまもそれがしも、小暮道場の門弟にございます」

と、脇から吉村が言い添えた。

木崎と吉村は、小暮一門のようだ。ふたりがちさに対して丁寧な言葉を遣うのは、道場主の娘だからであろう。

「そのような御流儀を身につけておられる方々に、それがし、とても指南などできかねるが――」

彦四郎の本音だった。三人とも、小暮流の遣い手とみていい。それに、彦四郎は道場主としての経験が浅く、まだ他流の遣い手を指南する自信がなかったのである。

「いいえ、柳原通りでお助けいただいたおり、千坂さまの腕の冴《さ》えを見せていただき、深く感じいりました。江戸にいる間だけでもご指南いただき、一刀流の精妙にふれたいと存じます」

ちさが、真剣な目差で彦四郎を見つめながら言った。

「われら、ふたりも門弟にくわえてくだされい」

木崎が言うと、吉村もうなずいた。

「指南はできないが、ともに稽古するだけなら……」

そのとき、彦四郎の胸に、富田流の流れをくむ小暮流の剣を知りたいという思いが湧《わ》いたのだ。それに、ともに稽古すれば、己の剣を高めることができる。

「かたじけのうござる」

すぐに、木崎たち三人が頭を下げた。

「ところで、お三方の住まいは？」

彦四郎は、住居が遠方であれば道場に通うのはむずかしいだろうと思った。

「吉村とちさどのは愛宕下《あたごした》にある藩邸でござるが……。それがしは、小伝馬町《こでんまちよう》にある町宿《ちようしゆく》でござる」

木崎が言った。

町宿とは、江戸勤番の藩士のなかで藩邸に入りきれなくなった者が市井《しせい》の借家などに住むことである。

「小伝馬町なれば、通うことができよう」

日本橋小伝馬町は、道場のある豊島町とそれほど遠くなかった。

「それがしは、木崎さまの住居に同居させてもらうつもりでおります」

吉村が言った。

「ちさどのは？」

「道場の近くに借家でも見つけるつもりでおりますが……」

ちさは、国許から連れてきた下男の平吉も近くに住まわせたいと言い添えた。平吉は、柳原通りで襲われたとき、いっしょにいた男だという。

「どうかな。それがし一家が、以前住んでいた借家があいているが」

彦四郎たち家族が道場に越してきたのは、二年ほど前だった。それまで、彦四郎たちは道場の近くの借家に住んでいたのだ。その借家は、いまもあいているはずである。

千坂道場には、二年前まで道場主だった里美の父親の千坂藤兵衛《とうべえ》が住んでいた。藤兵衛が老齢になったこともあり、以前から同居を望まれていた彦四郎の母親の由江《よしえ》が切り盛りしている柳橋の料亭、華村《はなむら》に住むことになったのだ。藤兵衛は由江と夫婦になったわけだが、藤兵衛が腕のたつ武士だったこともあって、店のなかでは居候《いそうろう》か用心棒のような存在であった。

彦四郎が、借家のことを話すと、

「そのような家があるなら、ぜひそこに」

ちさが、身を乗り出すようにして言った。

三人の入門にかかわる話が一通り済んだとき、

「ところで、そこもとたちを襲った三人だが、正体は知れたのかな」

と、彦四郎が訊いた。三人が門弟になることが決まったこともあり、彦四郎の物言いが道場主らしくなった。

「知れました。……三人とも、家中の者でござる」

木崎が、横瀬《よこぜ》又三郎《またさぶろう》、小笠原《おがさわら》弥蔵《やぞう》、溝口藤之助《みぞぐちとうのすけ》の名を口にした。彦四郎と立ち合った男が横瀬、長身の武士が小笠原、痩身の武士が溝口とのことだった。いずれも、松浦藩士だという。

「横瀬なる者、それがしと立ち合ったとき、奇妙な構えをとりましたが、あれは小暮流でござるか」

彦四郎は、横瀬の腰を沈めた八相の構えのことを話した。

「いえ、あれは天羽《てんぱ》流の横飛燕《よこひえん》の構えです」

木崎が表情をひきしめて言った。

「天羽流、横飛燕とな」

思わず、彦四郎が聞き返した。木崎が口にした流名も構えの名も、初めて耳にするものだった。

「天羽流は、松浦藩の領内につたわる土着の剣でござる」

木崎が話したことによると、寛永のころ天羽《てんぱ》豪右衛門《ごうえもん》なる者が、廻国修行の後、松浦藩の領内の洞窟に籠《こも》り、数年にわたる艱難辛苦《かんなんしんく》の修行の末に開眼したのが天羽流だという。道統を継ぐ者は代々、道場を城下から離れた山間《やまあい》にひらき、門人の多くは軽格の藩士や郷士《ごうし》、猟師などの子弟だという。

「横飛燕は、どのような剣なのだ」

彦四郎が訊いた。

「それがしらも、くわしいことは存じませんが、横飛燕は天羽流の極意のひとつで、八相に構えてから刀を右手に寝かせ、横に払って敵の目を奪い、連続して真っ向や袈裟に斬り込む技のようです」

木崎が言った。

「まさに、その剣だ……」

彦四郎と闘った横瀬が遣った技である。

「領内では、横飛燕をかわすのは、至難といわれております」

「天羽流の門人には、横飛燕を遣う者が多いのかな」

彦四郎は、横瀬といっしょにいた小笠原も横飛燕の構えをとったのを目にしていた。

「いや、門人の多くが横飛燕らしき技は遣いますが、出府した者のなかで、その精妙を会得しているのは横瀬だけでございましょう」

木崎が言うと、ちさと吉村もうなずいた。ちさたちも、天羽流のことを知っているようだ。

「ところで、横瀬たちは、なにゆえちさどのたちを狙ったのです」

横瀬たちは、出府したちさたちを待ち伏せしていたようなのだ。

彦四郎は、ちさのことをちさどのと呼んだ。門弟なので呼び捨ててもいいのだが、相手が女だと何となく呼び捨てにしづらかった。それに、ちさが道場主の娘ということもあるだろう。

「そ、それは……。家中に揉《も》め事《ごと》がございまして」

木崎が、困惑したような顔をして口ごもり、

「くわしいことは、藩の恥ゆえ、ご容赦くだされ」

と、言い添えた。ちさと吉村も視線を膝先に落として黙している。

「訊かずにおきましょう」

彦四郎は、松浦藩内の騒動に首をつっ込むつもりはなかったのだ。

6

「永倉《ながくら》、いくぞ！」

彦四郎が声をかけた。

「おお！」

すぐに、永倉平八郎《へいはちろう》が応じた。

彦四郎と永倉は、千坂道場で対峙していた。ちさをはじめ川田たち二十人ほどの門弟が、道場の両側に居並んで座し、ふたりに目をむけている。

永倉は千坂道場の師範代だった。朝稽古が終わった後、彦四郎が永倉に声をかけ、一刀流の組太刀の稽古を始めたのだ。

すると、居残りで稽古していた門弟たちはすぐに木刀を下ろし、道場の両側に分かれて座し、

見取り稽古を始めたのである。師匠の彦四郎と師範代の永倉の稽古は、見ているだけで稽古になるのだ。

永倉は陸奥国畠江藩《はたえはん》の江戸勤番の藩士だった。町宿に住み、三年ほど前から千坂道場に通っていた。永倉は国許にいるときから一刀流を修行し、その腕は千坂門下でも出色だった。そうしたこともあって、彦四郎が藤兵衛から道場を継いだとき、永倉に師範代を頼んだのである。

「手繰打《たぐりうち》からまいる」

彦四郎が言った。

彦四郎が打太刀（指導者）、永倉が仕太刀（学習者）である。

「承知」

手繰打は、鍔割《つばわり》とも呼ばれる籠手《こて》打ちの妙手だった。

彦四郎は、陰に構えた。一刀流の陰は八相の構えから両拳《こぶし》を下げ、木刀を顔の右側に立てる構えである。

一方、永倉は青眼に構え、切っ先を彦四郎の喉元につけた。どっしりと腰の据わった隙のない構えである。

彦四郎は摺り足で、永倉との間合をつめ始めた。永倉は、青眼に構えたまま動かない。

彦四郎は斬撃の間境に踏み込むや否や仕掛けた。

陰の構えから右足で踏み込みざま、

タアッ！

と鋭い気合を発し、永倉の真っ向へ打ち込んだ。

すかさず、永倉は身を引いて彦四郎の打ち込みをかわし、空《くう》を切らせると、切っ先を彦四郎の喉元に突き込んだ。

そのとき、永倉の突きがやや浅かった。彦四郎の真っ向への打ち込みが鋭く、身を引いたときわずかに腰がくずれたのだ。

ただ、太刀捌《さば》きも体の動きも決まっていたので、ふたりの動きがとまるようなことはなかった。

すぐに、彦四郎は体を引きざま上段へ振りかぶった。その一瞬の隙をとらえて、永倉が踏み込みざま、彦四郎の籠手を打った。木刀の切っ先は、彦四郎の右腕の一寸ほど前で、ピタリととまっている。永倉が、手の内を絞って木刀をとめたのだ。

これが、手繰打だった。突きから振り上げた相手の袖先を手繰るようにして籠手を打つのである。

彦四郎も永倉も、見事な太刀捌きだった。

道場内は水を打ったような静寂につつまれていた。居並んだ門弟たちは、食い入るようにふたりの太刀捌きを見つめている。

「いま、一手！」

永倉が声を上げた。本人は、己の太刀捌きに不満だったのだ。

「よかろう」

ふたたび、ふたりは対峙して陰と青眼に構え合った。

それから、彦四郎と永倉は小半刻《こはんとき》（三十分）ほど組太刀の稽古をつづけた後、木刀を下ろした。ふたりの顔から汗が流れている。

「稽古をつづけろ！」

永倉が門弟たちに声をかけた。

彦四郎が木刀を手にしたまま師範座所の前に下がろうとすると、ちさが足早に近寄ってきて、

「お師匠、一手、ご指南を」

と、彦四郎を見つめて言った。

ちさは紺の布で鉢巻きをしていた。汗どめと、髪が顔にかからないようにするためである。そのひきしまった顔に汗がひかっている。

「ちさどの、小太刀を遣ってみないか」

彦四郎は機会があったら、ちさの遣う小太刀と立ち合ってみたかったのだ。富田流の流れをくむという小暮流の小太刀がどのようなものか、興味があったのである。

「…………」

ちさは、彦四郎を見つめたまま戸惑うような表情をした。

「剣を修行する者にとって、一刀流も小暮流もない。お互い、相手の剣のよいところを取り入れて工夫することが大事と思うが」

彦四郎の本心だった。彦四郎も、少年のころは他の道場で心形刀流《しんぎょうとうりゅう》を学んでいたのである。

「は、はい」

ちさは、すぐに道場の板壁にある木刀架けから小太刀を手にしてもどってきた。

彦四郎とちさは相対した後、一礼して木刀と小太刀をむけあった。

「まいるぞ」

彦四郎は八相に構えた。

オオッ、と声を上げ、ちさはやや半身の体勢をとり、右手に小太刀を持ち、左手を腰につけた。ちさは小太刀を前に突き出すように構え、彦四郎の八相に構えた左拳に切っ先をむけている。刀を手にした敵が上段や八相に構えたとき、その構えに応じてとる小太刀独特の構えだった。

……なかなかの遣い手だ！

と、彦四郎はみてとった。

ちさの小太刀の切っ先は、彦四郎の動きを封じるようにピタリと左拳にあてられている。腰が据わり、構えに隙がなかった。それに、ちさは短い武器の小太刀で、長い木刀にむかっても、臆した様子はまったくみせなかった。

道場内から聞こえていた気合や木刀を打ち合う音がやんでいた。門弟たちは、彦四郎とちさが仕合《しあい》を始めたことを知って稽古をやめ、道場の両側に身を引いて座していた。永倉もちさといっしょに入門した吉村も、息を呑《の》んでふたりを見つめている。

門弟たちにとって、組太刀の稽古どころではなかった。師匠が入門したばかりの者と仕合っているのである。しかも、相手は女で小太刀を遣っている。滅多に見られる仕合ではなかった。

彦四郎は全身に気勢を込め、気魄《きはく》で攻めながら趾《あしゆび》を這《は》うように動かしてジリジリと間合をつめ始めた。

彦四郎はちさが女であっても、気を抜くつもりはなかった。剣に生きる者は、女も男もないのである。

対するちさは、動かなかった。小太刀の切っ先を彦四郎の左拳にあてたまま、彦四郎の懐《ふところ》に飛び込む機をうかがっている。

小太刀は刀と闘うおり、敵の懐に飛び込めるかどうかが勝敗の分かれ目になる。そのためには、敵の斬撃の起こりを読み、すばやく踏み込まねばならない。

ふいに、彦四郎が寄り身をとめた。斬撃の間境の半歩手前である。

彦四郎は全身に気勢を込め、斬撃の気配を見せた。気攻《きぜ》めである。

ちさは動かない。小太刀を前に突き出すように構えて、睨むように彦四郎を見つめていた。

ちさは全身に気勢を込め、彦四郎の気攻めに耐えている。

ピクッ、と彦四郎が左拳を動かし、斬撃の起こりを見せた。打ち込むとみせた誘いだった。

ちさがこの誘いに乗った。

彦四郎の懐へ飛び込もうと、前に踏み込んだのだ。

この動きを彦四郎がとらえた。

タアッ！

裂帛《れっぱく》の気合とともに、鋭く踏み込みざま八相から袈裟に打ち込んだ。

戛《かっ》、と乾いた音がひびき、ちさの小太刀がたたき落とされた。ちさが踏み込んだ瞬間、体勢がくずれた隙をとらえ、彦四郎がちさの小太刀を狙って木刀をふるったのである。

カラン、と音をたてて、小太刀が道場の床に跳ねた。

ちさは、一瞬目を瞠《みひら》いて棒立ちになったが、次の瞬間、後ろに跳ねとんだ。彦四郎の二の太刀から逃れようとしたのである。

だが、彦四郎は動かなかった。

「これまでだ」

そう言って、彦四郎は木刀を下ろした。

「ま、まいりました！」

すぐに、ちさは彦四郎の前に端座した。

ちさは驚いたような顔をして彦四郎を見上げた。彦四郎の剣の精妙さに触れたからであろう。

「いや、みごとな小太刀の捌きだった。……真剣であれば、どうなったか分からぬ」

彦四郎が、ちさを見つめて言った。

彦四郎もちさが敵の木刀を恐れず、果敢に挑んできたことに驚いていた。女であるが、それだけの修行を積んでいるにちがいない。

「…………」

ちさは無言で、彦四郎を見上げていた。その顔は蒼ざめていたが、目には畏敬の色が浮いている。

「稽古をつづけてくれ」

彦四郎は門弟たちにそう声をかけて、師範座所の前に身を引いた。

7

座敷の隅に置かれた行灯《あんどん》の灯《ひ》に、五人の横顔が浮かび上がっていた。そこは、ちさの住む借家である。五人は、ちさ、吉村、木崎、それに木崎と同じ目付の河津《かわづ》与十郎《よじゅうろう》と大目付の清重《きよしげ》五左衛門《ざえもん》だった。

松浦藩の大目付は、藩士の勤怠を監察するとともに藩士のかかわった事件の探索と吟味にあたる目付たちを統率している。

松浦藩の大目付は三人いて国許にふたり、江戸にひとりである。したがって、清重は江戸の目付たちすべてを統率する立場であった。

「どうだ。横瀬たち三人の潜伏先は、つきとめられたか」

清重が、その場に座した男たちに視線をまわして訊いた。

清重は五十がらみ、肉をえぐりとったように頰がこけていた。鷲鼻《わしばな》で、切れ長の細い目をしていた。行灯の灯を映じた双眸《そうぼう》がうすくひかっている。すこし猫背で、武芸とは縁のないような体付きだが、その顔には能吏らしい表情があった。

「それが、まだ、つきとめられません」

木崎が顔を曇らせて言った。

「どこに身を隠しておるのか。横瀬たち三人は、江戸に不慣れなはずだが、いまだ行方が知れぬとなると、家中の者が匿《かくま》っているのかもしれぬな」

清重が、思案するような顔で言った。

「それがしもそうみております。……出府したたちさどのたちを柳原通りで待ち伏せしたことからみても、家中に手引きする者がいなければ、できないはずです」

河津が、横瀬たちは、ちさたちが国許を発《た》って江戸にむかったことすら知らないはずです、と言い添えた。

河津は四十がらみであろうか。眼光の鋭いがっちりした体躯の男だった。河津は木崎と同じ目付だが、年配で目付が長かったこともあり、目付たちのまとめ役のような立場だった。

ちさは黙したまま、硬い表情をして男たちの話を聞いている。

「家中で手引きする者がいるとすれば、樋口《ひぐち》に与《くみ》する者かな」

清重が虚空《こくう》に目をとめてつぶやくような声で言った。

樋口政右衛門《まさえもん》は、江戸留守居役《るすいやく》だった。松浦藩では、国許にいる次席家老《じせきがろう》、土浦佐右衛門《つちうらさえもん》のかかわる不正があり、その件を調べている目付筋との間に強い反目があった。

その不正は、松浦藩の専売とされている藩の直山の檜《ひのき》、杉などの材木、木炭、漆《うるし》などの江戸への廻漕《かいそう》、販売をめぐり、利益の一部が土浦に流れているのではないかというものだった。

江戸でも土浦に与している一派があり、清重たちと対立していたのだ。その一派を束ねているのが江戸留守居役の樋口とみられていた。

お家騒動というほどの争いにはならなかったが、江戸の藩士のなかにも、樋口をはじめ土浦派の者が何人かいたのである。

大目付の清重が、ちさの住む借家に足を運んできたのにもわけがあった。土浦派の者に、清重がちさたちと会っていることを気付かせないためである。

「樋口さまの配下をひとり捕らえ、口を割らせましょうか」

吉村が身を乗り出すようにして言った。吉村は国許の下目付であった。下目付は、目付の配下である。

「そのようなことはできぬ。何の証《あかし》もなく、家中の者を捕らえれば、それこそ、樋口たちの思う壺《つぼ》だぞ。……樋口は江戸の目付の専横ぶりを国許におられる殿に訴えるはずだ。そうなれば、今後、われらが樋口たちの悪事をつかんで上申しても、殿も重臣たちも信用なさるまい」

清重が渋い顔をして言った。

松浦藩の藩主は板倉佐渡守盛重《いたくらさどのかみもりしげ》で、いまは参勤下番《かばん》で国許に帰っていた。

次に口をひらく者がなく、いっとき座敷は重苦しい沈黙につつまれていたが、

「それがし、気になっていることがあるのですが」

と、木崎が低い声で言った。

「何が気になっているのだ」

清重が訊いた。

その場に座している吉村たちの目が木崎に集まっている。

「横瀬たち三人は、討っ手から逃れるために出奔したのでしょうか」

木崎の声に重いひびきがくわわった。

横瀬たち三人は剣の腕は立ったが、いずれも松浦藩の徒士《かち》だった。家禄はわずか三十五石である。その横瀬たちが数人で、下城する勘定奉行の秋月孫兵衛《あきづきまごべえ》一行を襲った。その一行のなかに、勘定吟味役の者や勘定方だったたちさの兄、達之助もいて、横瀬たちに斬殺されたのである。

横瀬たちは秋月たちを襲撃した後、すぐに出奔し、江戸にむかった。横瀬たちが、なぜ秋月

の命を狙ったのか確証はなかったが、国許にいる目付筋の探索によると、秋月の配下の勘定吟味役の者が次席家老の不正の証をつかんでいて、それを揉み消すために、土浦が横瀬たちに秋月を斬殺させたのではないかとみていた。そして、勘定吟味役の者が斬殺されたために土浦の不正をあばくことはできず、土浦の吟味はむろんのこと城代家老に報告することも、藩主に上申することもできないでいた。

「どういうことだ」

清重が訊いた。

「もし、横瀬たちが追っ手から逃れるためだけに江戸に来たのなら、ちさどのたちを襲わずに、身をひそめているとおもえるのですが……。それに、佐々木《ささき》が藩邸の近くで横瀬らしい姿を見かけているのです」

佐々木重吉《じゆうきち》はこの場にはいなかったが、下目付のひとりである。

「それで?」

清重が話の先をうながした。

「佐々木によると、その男はご家老の跡を尾けたようです」

木崎が佐々木から聞いたことを話しだした。

江戸家老、森野常右衛門《もりのつねえもん》が所用のため、数人の供を連れて愛宕下にある藩の上屋敷から赤坂にある下屋敷に出かけたおり、旗本屋敷の土塀の陰から網代笠をかぶった旅装の武士が通りに出て森野の跡を尾け始めたという。

ちょうど、佐々木が藩邸の表門の脇の小門から出たとき、旅装の武士の後ろ姿を目にし、不審に思って跡を尾けた。佐々木は旅装の武士の体付きから、横瀬ではないかと思ったという。

「ところが、赤坂の溜池《ためいけ》沿いの道まで行って、佐々木は横瀬らしき武士を見失ったようです」

木崎が佐々木から聞いた話によると、横瀬らしき武士がふいに左手の路地に入り、姿が見えなくなったので、佐々木は路地まで走った。だが、路地に横瀬らしい武士の姿はなかった。佐々木はしばらく路地をたどって武士の姿を探したが、見つからなかったという。

「そやつは、跡を尾けている佐々木に気付いて、姿を消したとみています」

木崎が言い添えた。

「うむ……。横瀬は、なにゆえご家老の跡を尾けたのだ」

清重が顔をけわしくして訊いた。

「ご家老のお命を狙っているのかもしれません」

「なに！　ご家老の命を」

思わず、清重が声を上げた。

その場にいた吉村たちも、驚いたような顔をして木崎を見つめている。

「横瀬がご家老の跡を尾けたとすれば、それしか考えられないのですが」

木崎が言った。

「そうかもしれん」

土浦は、江戸家老の座を狙っていると噂《うわさ》されていた。松浦藩では城代家老に昇進するには、江戸家老を経験してからといわれている。城代家老がもっとも重い役職で、藩政を掌握することができる。

土浦が江戸家老の座に就くには、どうしても森野が邪魔なのだ。それに、森野は土浦派に対する批判的な言動が多かった。土浦がひそかに森野を始末しようと思っても不思議はない。

現在、城代家老は大増弥左衛門《おおますやざえもん》で、土浦を快く思っていなかった。かといって、土浦を失脚させようとするほど反目しているわけでもない。それに、大増は老齢だったので、城代家老の座に長くとどまるのはむずかしいとみられていた。

土浦にしてみれば、江戸家老になってさえいれば、遠からず城代家老の座がころがり込んでくるのである。

「横瀬たちは江戸へ逃げてきたのではなく、ご家老の命を狙って江戸へ出てきたのではないでしょうか」

木崎がけわしい顔をして言った。

「刺客《しかく》か」

清重が低い声で言った。

「いかさま」

「ならば、何としても横瀬たちがご家老を襲う前に始末をつけねばならぬな」

清重が一同に視線をまわして言った。双眸が鋭いひかりを帯びている。


ちさは男たちが帰った後、座敷にひとり座したまま夜陰につつまれた庭に目をむけていた。闇が深く、隣家の輪郭がかすかに識別できるだけである。

庭の隅の納屋から淡い灯《ひ》が洩《も》れ、ごそごそと音が聞こえた。平吉が、納屋のなかを片付けているらしい。

平吉はちさに仕えるために借家に住むことになったが、ちさの住む家に同居することはできなかった。それで、家の隅にあった納屋を片付けてそこで寝起きすることになったのである。

ちさは討っ手のひとりだった。横瀬たちを討つために平吉を供に連れ、吉村とともに出府したのだ。横瀬たちを討つために国許から江戸に入った討っ手は、ちさと吉村だけではなかった。ちさたちより先に、腕のたつふたりの藩士が出府していた。だが、ふたりとも江戸に着いて間もなく、何者かに斬殺されてしまった。横瀬たちの手にかかったと思われていたが、はっきりしなかった。

当初、女のちさが討っ手にくわわる話はなかったが、ちさには兄の敵《かたき》を討ちたい強い気持ちがあって、藩に願い出たのだ。ちさは、達之助とふたりだけの兄妹《きょうだい》だった。父、武左衛門は藩内でも名の知れた遣い手だったが、高齢でしかも持病があったため出府することはかなわなかった。それで、ちさが江戸に出てきたのである。

ちさは清重や木崎たちの話を聞きながら、いっときも早く横瀬たちの行方をつきとめて兄の敵を討ちたいと思った。

だが、ちさの心は揺れていた。横瀬たちを討ちたいという思いのなかに、別な感情が忍び込み、しだいに心の内にひろがってきたのだ。

千坂彦四郎のことだった。ちさは彦四郎と小太刀で仕合った後、彦四郎の遣う剣の精妙さに驚いた。その驚きが収まるにつれて彦四郎に対して別の感情が生じ、どうしようもなく胸が高鳴った。

まだ、恋とか愛とか呼べるようなものではなかったが、胸をしめつけられるような切なさを覚えたのである。

ちさは、そうした感情が己の心の内に生じたことに動揺し、強く恥じた。

……浮ついた心を捨てるのです！

ちさは、己を叱咤《しった》するように心の内で叫んだ。

だが、そう言い聞かせる言葉の裏から、仕合の後、ちさを見つめた彦四郎の顔が浮かんできた。男らしい精悍《せいかん》な顔だったが、ちさを見つめた目には、女のちさを包み込むようなやさしさと包容力があった。

……このような軟弱な気持ちでは、兄の無念は晴らせぬ。

ちさは胸の内で叫ぶと、荒々しく立ち上がった。

ちさは座敷の隅に置いてあった木刀を手にして、夜陰につつまれた庭に出た。

庭のなかほどに立ったちさは、ヤッ、ヤッ、と鋭い気合を発し、木刀を振りだした。剣術の稽古のためではなかった。己の心の内に生じた彦四郎に対する思いを切り捨てるためである。

そのとき、納屋の戸があいて平吉が顔を出した。戸の間から首を突き出したまま、平吉は木刀を振るちさに心配そうな目をむけていた。

第二章　襲撃

1

「藤兵衛どの、お茶がはいりましたよ」

　そう言って、由江が湯飲みを千坂藤兵衛の膝先《ひざさき》に置いた。

　柳橋にある料理屋、華村の帳場の奥の小座敷だった。そこが、由江の居間になっていたのだが、藤兵衛が来てからその座敷がふたりの居間として使われるようになった。由江は藤兵衛に朝餉《あさげ》を食べさせた後、茶を淹《い》れてくれたのだ。

　由江は藤兵衛のことを、おまえさんとも旦那さまとも、呼ばなかった。一緒になる前は千坂さまと呼んでいたが、いまは藤兵衛どのと呼んでいる。由江も亭主のように呼ぶのは照れくさかったのだろう。

　由江は、ほっそりした色白だった。面長《おもなが》で切れ長の目、形のいい唇をしている。彦四郎とよく似ていた。

由江は四十路《よそじ》を超えているはずだが、歳を感じさせなかった。料理屋の女将《おかみ》らしい落ち着きと洗練された美しさがある。

「すまぬな」

藤兵衛は、座布団に腰を下ろしたまま膝先の湯飲みに手を伸ばした。

顔に照れたような表情があった。腰が何となく落ち着かないようだった。藤兵衛が華村で由江といっしょに暮らすようになって二年ほどになるが、ふたりだけになると、まだ何となく腰が落ち着かないのである。

藤兵衛は、還暦にちかい老齢だった。すでに、鬢《びん》や髷《まげ》は真っ白で、顔の皺《しわ》も目立った。丸顔で目が細く、野辺の地蔵のような顔付きである。

ただ、少年のころから鍛え上げた体は、まだ衰えていなかった。腕や首が太く、胸が厚かった。どっしりとした腰をしている。

藤兵衛は御家人《ごけにん》の冷や飯食いに生まれ、剣で身をたてようと志し、この歳になるまで剣一筋に生きてきた男である。

藤兵衛はおふくという娘といっしょになり、里美が生まれたが、十五年ほど前におふくは流行病《はやりやまい》で亡くなっていた。その後、藤兵衛は道場主として門弟たちに指南しながら、里美とふたりで暮らしてきたのである。

一方、由江は華村のあるじだった幸右衛門《こうえもん》の娘で、父母が亡くなった後、女将として華村を切り盛りするようになったのだ。

由江が女将になったばかりのころ、たまたま店に来た大身《たいしん》の旗本の大草安房守高好《おおくさあわのかみたかよし》と情を通じ、生まれた子が彦四郎だった。その後、大草は勘定奉行を経て北町奉行に栄進する。

そうしたこともあって、彦四郎は表には出せない隠し子として育てられた。ただ、由江には彦四郎を武家の子として育てたい気持ちがあり、子供のころから彦四郎に武家の子のような身《み》装《なり》をさせ、剣術の町道場にも通わせた。

彦四郎は二十歳《はたち》のころ、里美と知り合って千坂道場に通うようになった。それが縁で、由江は藤兵衛とも話すようになった。そして、彦四郎と里美が所帯を持ってお花が生まれ、彦四郎が千坂道場主として道場に入ると、自由の身となった藤兵衛が由江といっしょになり、華村で暮らすようになったのだ。

それも自然の成り行きだった。これまで、華村がならず者に嫌がらせをうけたり、徒牢人《いたずらろうにん》から大金を脅し取られそうになったときなど、藤兵衛は親身になって彦四郎とともに華村を守ってやった。そうしたこともあって、由江と藤兵衛は心を通わせるようになっていたのである。

それに、彦四郎の父親である大草と由江のかかわりは切れていた。彦四郎が生まれてから三年ほどすると、由江は大草と会う機会がなくなり、爾来《じらい》二十数年もの間、由江は大草の顔を見ていなかった。由江にとって、大草は別世界の住人のような遠い存在になっていたのである。

一方、彦四郎も物心ついたころから大草の顔は見ていなかったし、父親としての記憶も残っていなかった。それで、里美といっしょになったことも大草に知らせなかったのだ。むろん、彦四郎は大草が自分の父親であることは知っていたが、会いたいという気持ちすらなかったのである。

藤兵衛は茶を飲み終えると、

「さて、すこし汗を流してこようかな」

とつぶやくような声で言って、腰を上げた。

藤兵衛は華村で由江といっしょに暮らすようになっても、千坂道場の稽古には顔を出していた。彦四郎や里美の要請もあったが、藤兵衛自身、華村にいてもやることがなかったのである。

「ねえ、藤兵衛どの」

由江が、藤兵衛を見上げて言った。声に、夫婦らしいひびきがある。

「何かな」

「彦四郎たちに、お花を連れてくるように話してくださいな」

由江も、千坂道場に出かけて孫のお花の顔を見たかったのだが、店をあけるわけにいかなかったのである。

「分かった。話しておこう」

そう言い残して、藤兵衛は華村を出た。

藤兵衛は神田川にかかる柳橋を渡り、両国橋の西の橋詰に出た。そこは両国広小路で、江戸でも有数の盛り場だった。

広小路には、芝居小屋、見世物小屋、床店《とこみせ》などが立ち並び、様々な身分の老若男女でごったがえしていた。見世物小屋の木戸番の客を呼ぶ声、物売りの声、馬の嘶《いなな》き、子供の泣き声などが飛び交っている。

藤兵衛は人混みを抜け、郡代屋敷の脇まで来た。そこは柳原通りで、急に人通りがすくなくなった。藤兵衛は路傍で一息ついてから、筋違御門の方へ足をむけた。柳原通りをしばらく歩くと、千坂道場のある豊島町へ出る。

柳原通りを歩き、前方に神田川にかかる新シ橋が見えてきたとき、藤兵衛は土手沿いの柳の樹陰に人垣ができているのを目にした。

……彦四郎がいる！

その人垣のなかほどに、彦四郎の姿があった。永倉をはじめ何人かの顔見知りの門弟も来ていた。

藤兵衛は小走りに人垣にむかった。千坂道場の門弟に何かあったのではないかと思ったのである。

藤兵衛が人垣に近付くと、「大師匠だ！」「千坂さまだ！」などという声が聞こえ、人垣が左右に割れた。千坂道場の門弟たちや藤兵衛を知っている者が道をあけたのである。

彦四郎が振り返り、藤兵衛の姿を目にすると、

「義父上《ちちうえ》、ここへ！」

と、呼んだ。彦四郎の顔がこわばっている。

藤兵衛は彦四郎の脇に近付き、人垣のなかほどに目をやった。

土手際の叢《くさむら》に、武士がひとり俯《うつぶ》せに倒れていた。付近の叢にどす黒い血が飛び散っている。

武士は大刀を手にしていた。何者かと闘って、斬られたのかもしれない。

その武士の脇に、若侍がうなだれて立っていた。髷ではなく、総髪を無造作に後ろで束ねている。

「斬られたのは、門弟の吉村です」

彦四郎がけわしい顔で言った。

「松浦藩士か」

藤兵衛は、ちかごろ松浦藩の家臣が三人新たに入門したと彦四郎から聞いていた。その三人のなかに、吉村という名があったのを覚えていたのである。

「はい」

「吉村の脇に立っているのは？」

「ちさどのです」

「女か……」

藤兵衛が驚いたように目を剝《む》いた。

彦四郎から、新たに入門した者のなかに、小太刀を遣うちさという娘がいると聞いていたのだ。

藤兵衛はちさを見ながら彦四郎に身を寄せ、

「どう見ても、男だな。……里美より、男らしく見えるぞ」

と、耳元でささやいた。

彦四郎はけわしい顔のままうなずいただけだった。門弟の吉村が斬られたので、冗談を言う気にはなれなかったのだろう。

「ともかく、死骸《ほとけ》を見せてもらおうか」

藤兵衛は顔の表情を消して、横たわっている死体のそばに近付いた。

ちさは藤兵衛が近付く気配を感じて振り返り、

「あなたさまは」

と、訊いた。きびしい顔をくずさなかった。

「千坂藤兵衛ともうす。そこもとは、ちさどのか」

藤兵衛はちさの顔を見て、気丈そうな娘だ、と胸のなかでつぶやいたが、顔には出さなかった。

「はい、お師匠の御尊父であられますか」

ちさが、丁寧な物言いで訊いた。

「そうだ。斬られたのは、松浦藩の吉村どのと聞いたが」

藤兵衛は確認のために訊いてみた。

「はい」

ちさの顔に悲痛な表情がよぎった。

「傷口を見せてもらってもいいかな」

藤兵衛は刀の切り傷を見れば、斬った者が遣い手かどうか見抜く目を持っていた。

「かまいません」

ちさは、すぐに身を引いた。

藤兵衛は伏臥《ふくが》している吉村の肩先をつかんで、仰向《あおむ》けにさせた。

凄惨な死顔だった。吉村は眉間《みけん》から鼻筋にかけて斬り裂かれ、顔がどす黒い血に染まっていた。カッと瞠《みひら》いた両眼が、血のなかに白く浮き上がったように見える。

……真っ向か！

吉村は、一太刀で眉間を割られていた。斬ったのはだれか分からないが、遣い手のようである。

そのとき、彦四郎が藤兵衛の背後に近寄り、

「下手人《げしゅにん》は、天羽流を遣う者と思われます」

と、耳元で言った。

「天羽流とな。すると、下手人は出奔した松浦藩の者たちか」

藤兵衛は、彦四郎からちさや吉村たちが柳原通りで襲われ、門人になった経緯《いきさつ》を聞いていた。そのとき、彦四郎が、天羽流は松浦藩の土着の剣の流派であり、その一門の者がちさたちを襲ったらしいと話したのである。

「そのようです」

彦四郎がうなずいた。

2

それから小半刻（三十分）ほどして、木崎や河津与十郎など数人の松浦藩士が駆けつけた。彦四郎は河津のことを知らなかったが、木崎と同じ目付とのことだった。

その後、彦四郎たちは、吉村の死体を藩邸に運ぶ手筈《てはず》がついてから道場にもどった。藤兵衛、ちさ、それに木崎もいっしょだった。ちさと木崎は門弟だったので、道場へ来てもらったのである。彦四郎の胸の内には、あらためてちさと木崎から事情を聞きたい気持ちがあったのだ。

道場には、だれもいなかった。すでに、朝稽古は終わっていたし、門弟たちも吉村が斬殺《ざんさつ》されたことを知って、残り稽古をする気にはなれなかったのであろう。

彦四郎たちは、道場の床に座した。顔をそろえたのは、彦四郎、藤兵衛、永倉、ちさ、木崎の五人だった。

「吉村を斬ったのは、天羽流一門の者とみたが」

彦四郎が、あらためて木崎に訊いた。

「われらも、そうみております」

木崎が無念そうな顔をした。

「木崎、ちさどのや吉村は、以前から天羽流一門の者に命を狙われていたようだな」

彦四郎が木崎を見つめて訊いた。ちさと吉村が柳原通りで襲われたこともあり、門弟になる前から命を狙われていたとみたのである。

「は、はい……」

ちさが小声で答えた。

「なにゆえ、狙われている」

以前、彦四郎が訊いたとき、木崎は、藩の恥ゆえ、ご容赦くだされと言って、何も話さなかった。だが、吉村が殺されたとなると、何か手を打たねばならない。ちさだけでなく木崎も、命を狙われているかもしれないのだ。

「それは……」

ちさは困惑したような顔をして、視線を膝先に落としてしまった。

いっとき、道場内は重苦しい沈黙につつまれたが、

「狙われているのでは、ございませぬ。われらが、天羽流一門の三人の命を狙っているのです」

と、木崎が言った。

「どういうことだ」

彦四郎が驚いたような顔をした。

「ちさどのや吉村だけでなく、われら目付筋の者も天羽流一門の三人を討つために行方を追っています」

そう言って、木崎が天羽流一門の三人の名を口にした。横瀬又三郎、小笠原弥蔵、溝口藤之助とのことだった。また、三人の容貌や体軀《たいく》なども言い添えた。

「すると、そこもとたちは横瀬たちの討っ手か」

彦四郎が驚いたような顔をして訊いた。

「いかさま」

木崎が答えると、ちさもうなずいた。

そのとき、黙って聞いていた藤兵衛が口をはさんだ。

「討っ手が、逆に狙われているというわけか」

「横瀬たちは、われらの命を奪えば、逃げまわらずに済むとみているのかもしれません。それ

に、藩内に家臣同士の確執もありまして……」

木崎は言いにくそうな顔をして語尾を濁した。藩内の騒動を、話していいか迷っているふうである。

「いずれにしろ、このままでは、ちさどのや木崎どのも横瀬たちに命を狙われるのではないのか」

藤兵衛が訊いた。

「……………」

木崎が苦渋の顔をしてうなずいた。

「道場の行き帰りに襲われたらどうにもならぬな」

彦四郎が言った。

昨日、吉村は午後の稽古が終わった後、陽が沈むころまで居残りで稽古をしてから帰った。その帰路、柳原通りで横瀬たちに襲われたとみていい。そうであれば、木崎とちさも道場の行き帰りに襲われる恐れがある。道場主として、門弟が襲われるのを看過することはできない。

「お師匠、それがし、横瀬たち三人を討つまでの間、稽古を休ませていただきます」

木崎が腹をかためたような顔をして言った。

「それがいい」

彦四郎は、ちさに顔をむけ、

「ちさどのは、どうする」

と、訊いた。

いっとき、ちさは戸惑うような顔をして黙っていたが、彦四郎に顔をむけ、

「お師匠、わたしはこのままつづけさせていただきます」

と、毅然《きぜん》とした声で言った。

「それでは、横瀬たちの手にかかる恐れが……」

彦四郎は、ちさが道場を出てしまえば身を守ることはできないと思った。

「こうして、お師匠に門人にしていただいた上に、住む家までお世話いただきました。それに、家は道場から近い場所にあります。明るい内に家にもどれば、襲われる懸念はないと存じます」

ちさは、強い目差で彦四郎を見つめて言った。

「その家を襲われるかもしれないぞ」

ちさは、独り住まいといっていい。平吉という下働きの者がいるらしいが、戦力にはならないだろう。

「まだ、わたしの住まいは横瀬たちに知られておりません。尾行されないようにすれば、襲われることはないはずです」

ちさが、きっぱりと言った。

「それほど言うなら」

彦四郎は、木崎に目をやった。木崎の考えもあるだろうと思ったのだ。

「ちさどの、いま住んでおられる家が横瀬たちに気付かれたら、藩邸に入っていただきたいが」

木崎が言った。ちさに対する言葉遣いが丁寧なのは、小暮流の道場主の娘だからであろう。木崎は国許にいるとき小暮流の門人だったのである。

「分かりました」

ちさが、うなずいた。

彦四郎たちの話がとぎれたとき、

「横瀬たち三人は天羽流一門で、木崎どのたちは小暮流一門と聞いたが」

と、藤兵衛が木崎に顔をむけて訊いた。

「いかさま」

「ならば、道場間の確執もあるのではござらぬか」

藤兵衛が訊いた。

同じ領内に異なった剣の流派があり、家臣たちのなかにそれぞれの流派の門人がいれば、どうしても対立が生じやすい。長年道場主として生きてきた藤兵衛は、道場や流派間の対立を嫌というほど経験してきたのである。

「それも、あるかもしれませぬ」

木崎は否定しなかった。

ちさは、無言のまままきつい顔をして虚空を睨むように見すえている。

3

「お師匠、ちと、気になることを耳にしたのだがな」

永倉が彦四郎に身を寄せて言った。

永倉は、彦四郎が道場主になるまで、同僚のような口をきいていた。いまは、彦四郎のことをお師匠と呼ぶが、言葉遣いは道場主になる前とあまり変わらない。永倉の方が年上だからであろう。それに、道場を一歩出れば、以前のように平気で千坂と呼び捨てにする。

永倉は三十がらみ、眉《まゆ》が濃く、大きな鼻をしていた。頤《おとがい》が張ったいかつい顔をしている。偉丈夫で肩幅がひろく、胸が厚かった。どっしりと腰が据わっている。熊のような大男である。ただ、丸い目に愛嬌《あいきょう》があり、どことなく悪餓鬼をそのまま大人にしたような風貌の主だった。

「何が、気になるのだ」

彦四郎が訊いた。

「佐原から聞いたのだが」

おい、佐原、ここに来い、と永倉が佐原に声をかけた。

午後の稽古の後、佐原たち十人ほどが残り稽古をしていたのだ。そのなかに、ちさの姿もあった。

すぐに、佐原をはじめ数人の若い門弟が彦四郎と永倉のそばに集まってきた。いずれも、木刀を手にし、顔を汗でひからせている。

「佐原、お師匠にも話してくれ」

永倉が、佐原に言った。

「さきほど、ご師範にお話ししたことですか」

佐原が訊いた。

「そうだ」

「……昨日の帰りでした。柳原通りに出て、新シ橋のたもとまで来たとき、ふたりの武士に呼びとめられました」

佐原によると、ふたりの武士は網代笠をかぶり、小袖にたっつけ袴姿だったという。ふたりのうちのひとりが、「そこもとは、千坂道場の門弟か」と訊いた。

佐原はすぐに返答しなかった。吉村が斬られたことが頭にあったからである。

すると、もうひとりの武士が、「千坂道場には、女の遣い手がいると聞いたのだがな。そこもとは知らぬのか」と揶揄《やゆ》するような口振りで言った。

咄嗟《とっさ》に、佐原はふたりの武士がちさのことを探っているのではないかと気付き、

「わたしは、入門したばかりで、門弟のことはよく知りません」

と、答えた。

すると、武士のひとりが、「道場の近くで、訊いてみるか」と言って、ふたりは佐原から離れたという。

「それだけですが――」

と、佐原が言い添えた。

「そのふたり、ちさどののことを探っていたのか」

そう言って、彦四郎はちさに目をやった。

ちさは、若い門弟たちからすこし離れた場所で木刀の素振りをしていたが、佐原の話は耳にとどいているはずである。ちさは、いつものように真剣な目差で木刀を振りつづけている。

「わたしも、うろんな武士を見かけました」

つづいて、川田が言った。

「川田もか」

彦四郎は川田に目をやった。

「はい」

「話してくれ」

「一昨日《おととい》のことですが、路地の樹陰に身を隠して、道場の方を見ている男を目にしたのです」

川田によると、道場を出て一町ほど歩いたとき、樹陰にいるひとりの武士に気付いたという。

「その武士も、網代笠をかぶっていたのか」

彦四郎が訊いた。

「いえ、笠はかぶっていませんでした」

川田が、その武士は羽織袴姿で二刀を帯びていたことを言い添えた。

「うむ……」

彦四郎は、横瀬たちではないかもしれない、と思ったが、何ともいえなかった。横瀬たちも、いつも笠をかぶって顔を隠しているわけではないだろう。

「いずれにしろ、横瀬たちは、ちさどのが道場に通っていることを知っているようだぞ」

永倉が丸い目をひからせて言った。

吉村が柳原通りで斬殺された後、彦四郎は永倉に吉村やちさにかかわることを一通り話しておいたのだ。

彦四郎は、その場に集まっていた門弟たちに、

「ともかく、道場を探っているような者に、ちさどのや松浦藩のことを訊かれたら、知らないと答えてくれ」

と、念を押すように言った。

佐原たちが彦四郎のそばから離れると、すぐにちさが木刀を手にしたまま近付いてきた。顔に困惑の色がある。

「お師匠、もうしわけありません。道場に迷惑をおかけして……」

ちさは、彦四郎と永倉に頭を下げた。

「いや、道場に迷惑をかけたわけではない。ただ、このままだと、ちさどのは吉村の二の舞いだぞ」

彦四郎も、横瀬たちはちさが道場に通っていることをつかんだとみていた。このままでは、ちさは横瀬たちの襲撃から逃れられないだろう。

彦四郎は、ちさを守ってやりたいと思った。道場主として門弟の身を守るのは当然のことだが、彦四郎の胸の内にはそれ以上のものがあった。ちさに若いころの里美を重ねていたからであろうか。彦四郎はちさに対する自分の気持ちがよく分からなかった。

「……暗くなる前に、帰るようにします」

ちさの声に、いつもの強いひびきがなかった。ちさも横瀬たちに襲撃されれば、吉村と同じ目に遭うとみているようだ。

「横瀬たちは、人目があるところでも襲ってくるぞ」

ちさと吉村が柳原通りで襲われたときも人通りがあったのだ。

「…………」

ちさは何も言わなかった。唇を強く結んで、視線を落としている。

「妙案はないかな」

彦四郎が、連日、ちさを送って帰るわけにもいかなかった。相手が横瀬たちでは門弟たちに頼むこともできない。

そのとき、彦四郎とちさの話を聞いていた永倉が、

「おれが、帰りに送ってやろう」

と、言い出した。

「ご師範が……」

ちさが永倉に目をむけた。

「そうだ。帰りがけにすこしだけまわり道をすれば、すむからな。それに、横瀬たちもちさどのがひとりで道場に通っているとみているはずだ。大勢で襲うことはあるまい。なに、横瀬たちがあらわれたら、返り討ちにしてくれるわ」

永倉が目をひからせて言った。

永倉はおくめという妻女とふたりで、日本橋久松町の町宿に住んでいた。ちさの家をまわっても、それほど遠まわりにはならない。

「永倉がいっしょなら安心だが、ともかく、何かあったら道場に知らせてくれ」

彦四郎は、永倉に頼もうと思った。

4

ヤアッ、ヤアッ、というお花の気合と竹刀を打ち合う音が、道場内にひびいていた。

「お花ちゃん、うまいぞ！」

「ご師範が、負けそうだ」

などと、若い門弟たちの囃《はや》す声が飛び交っている。

千坂道場だった。午後の稽古が終わった後、お花が短い竹刀を手にして道場に姿を見せると、残り稽古をしていた永倉や川田など若い門弟が、お花のそばに集まってきた。お花は若い門弟たちにまじって稽古をするのが好きで、決められた稽古が終わり、何人かが道場に残っているころを見計らってやってくるのだ。

永倉もすぐにお花のそばに来て、

「お花どの、一手、所望いたす」

と、いかめしい顔で言った。

永倉は顔に似合わず、子供好きだった。なかでも、お花と戯れるのが好きなようで、お花が道場に姿をあらわすときまって相手になってやるのだ。

「熊ちゃん、勝負するか」

お花が、丸く目を瞠《みひら》いて言った。

お花は、むつきが取れて間もないころから、永倉のことを熊ちゃんと呼んでいた。門弟のだれかが、熊のようなひとだ、と口にしたのを耳にしたらしい。その熊ちゃんという呼び方が、いまでもつづいている。

「望むところだ」

永倉は熊のような巨体でお花の前に立った。まるで、巨熊と小兎《こうさぎ》が向かい合ったようである。

彦四郎は笑みを浮かべて、お花から身を引いていた。いつものように、永倉はお花とうまく遊んでくれそうだ。

道場には、ちさの姿もあった。若い門弟たちの後ろから永倉とお花に目をむけている。

ちさの口許には笑みが浮いていたが、胸の内は複雑だった。ちさは、お花が彦四郎と妻の里美のひとり娘で、彦四郎がことのほか可愛がっていることを知っていた。ちさは里美やお花のことを思うと、彦四郎にとって自分は千坂道場の門弟のひとりにすぎないと思い知らされ、彦四郎が自分から遠ざかったように感じられるのだ。

ヤアッ！

お花がちいさな気合を発し、永倉に打ちかかった。

ぽかり、と竹刀の先が、永倉の肩先をたたいた。

「やられた！」

永倉が、大袈裟《おおげさ》に身をのけぞらせた。そして、後ろによろめき、どかりと尻餅《しりもち》をついて後ろにひっくり返った。

すると、ふたりのまわりで見ていた川田たち若い門弟が、「お花ちゃんが、勝った！」「ご師範が、ひっくり返った」などと言いながら、笑い声を上げた。

「されば、もう一手！」

永倉は立ち上がると、お花の前に立ってふたたび竹刀をむけた。

「負けないぞ！」

お花は目をつり上げ、いきなり永倉に打ちかかった。

永倉は竹刀でお花の打ち込みを受けながらすこし身を引いた。今度はすぐに打たれず、お花にもう一度竹刀をふるわせようとしたのだ。

ヤアッ！　お花は気合を上げて踏み込み、竹刀を振りかぶって打ち下ろした。一度目より強い打ち込みである。

お花の竹刀の先が、ピシャリ、と永倉の太い右腕を打った。永倉が、わざと腕を出して打たせたのだ。

「これは、まいった！　籠手《こて》を打たれた」

永倉が声を上げた。

すると、川田が、

「籠手、一本、お花ちゃんの勝ち！」

と、大声で宣した。

また、門弟たちの間からどっと歓声と笑い声が起こった。

「花、そこまでだ」

彦四郎はお花のそばに行くと、

「道場の隅で、素振りをしなさい」

と、小声で言った。いつまでも、お花に門弟たちの稽古の邪魔をさせておくわけにはいかなかったのだ。

「はい」

お花はすなおに道場の隅に行き、竹刀を振り始めた。

川田たち若い門人も顔をひきしめ、ふたたび木刀の素振りを始めた。門弟たちも、お花と永倉のやり取りは、ほんのいっときの座興と心得ていたのである。


永倉とちさが帰り支度をすませ、道場の戸口に立ったのは、七ツ半（午後五時）ごろだった。すでに、川田たち若い門弟は道場を出ていた。

ちさの背後に、平吉がけわしい顔をして立っていた。脇差を差している。このところ、平吉はちさの供をして道場にも来ていたのだ。平吉なりに、ちさの身を守ろうとしているのだろう。

彦四郎は、お花とふたりで戸口まで送って出た。お花は彦四郎の脇に立ち、短い竹刀を握りしめて永倉とちさを見上げている。

「気をつけて帰れよ」

彦四郎がちさに目をやって言った。

淡い西陽が、戸口を照らしていた。陽が沈むまでに、ちさは家に帰れるだろう。

「なに、まだ人通りも多い。横瀬たちが、襲うようなことはあるまい」

永倉が言った。

「跡を尾《つ》ける者がいるかもしれんぞ」

「承知している」

永倉は、また、明日来る、と言い残してきびすを返した。

ちさは彦四郎に頭を下げ、永倉の後につづいた。

道場から出た永倉とちさは、路地の左右に目をやった。横瀬たちの姿がないかどうか確かめたのである。

「道場を見張っている者はいないようだ」

永倉はそう言って、先に立った。あやしい人影はなかったのだ。

三人は路地をたどり、柳原通りに出た。すこし遠まわりになるが、ちさの家までできるだけ人通りの多い道をたどろうと思ったのだ。

柳原通りは、まだ人影が多かった。通り沿いに並んだ古着を売る床店はまだひらいていて、客のたかっている店もかなりあった。

……うろんな者はいないようだ。

永倉は、通りの左右に目をやりながら歩いた。

ただ、通りを行き交う人のなかには武士も多く、遠方だと顔もはっきりしないので横瀬たちがいないとはいいきれなかった。

永倉たち三人は、足早に柳原通りを歩いた。

5

永倉たち三人が古着を売る床店の脇の路地に入り、一町ほど歩いたときだった。

ちさの後ろにいた平吉が、

「ちささま、後ろからお侍が来ますだ」

と、うわずった声で言った。

永倉とちさが振り返った。三人の武士が、小走りに近付いてくる。いずれも、羽織袴姿だった。網代笠をかぶって顔を隠している者はいなかった。身辺に殺気がある。

「横瀬たちです！」

ちさが声を上げた。

「来たか！」

咄嗟に、永倉は逃げようと思った。敵が三人では、ちさを守りきれない。だが、背後から迫ってくる三人の足は速かった。ちさの家は近かったが、家まで逃げられたとしても押し込まれれば同じことである。

ちさは、足をとめて振り返った。ちさも、逃げられないとみたようだ。

「おのれ！」

ちさは、後ろから迫ってくる三人を睨むように見すえて小脇差に手をかけた。闘う気らしい。

平吉も目尻をつり上げて、ちさの脇に立った。

……平吉を道場に走らせよう！

と、永倉は思った。

道場まで、遠くはない。彦四郎が駆けつけるまで持ち堪《こた》えるしかないとみたのである。それに、平吉はいても戦力にならなかった。

「平吉！」

永倉が呼んだ。

「へい」

「道場へ、つっ走れ！　その脇道に入るのだ」

「で、ですが、ちささまが……」

平吉が、戸惑うような顔をして声をつまらせた。

「ちさどのを助けるために、お師匠を呼んでくるんだ。行け！」

永倉が声を大きくした。

「へ、へい」

平吉は飛び出すような勢いで走りだし、すぐに細い脇道に入った。

走り寄る横瀬たちは、平吉には見向きもしなかった。ちさを始末するだけが狙いのようだ。

「ちさどの、板塀を背にするんだ！」

路地に面して仕舞屋《しもたや》をかこった板塀があった。永倉はすばやく動き、板塀を背にして立った。背後からの攻撃を避けるためである。

「はい！」

ちさも、すぐに永倉の脇にまわり込んだ。小脇差を手にし、身構えている。小太刀の構えだった。ちさに臆した様子はなく、口を強く結び横瀬たちに鋭い目をむけている。

横瀬は走り寄ると抜刀し、

「うぬは、おれが斬る！」

と声を上げて、永倉の前に立った。永倉が遣い手とみたのであろう。

ちさの前に立ったのは、長身の武士だった。小笠原らしい。もうひとりは、ちさの右手にまわり込んできた。溝口である。横瀬たち三人の狙いは、ちさだけなのだろう。それで、小笠原と溝口のふたりで、ちさを討つつもりらしい。

横瀬たち三人は、いずれも八相に構えた。両肘《ひじ》を低くし、切っ先を右手にむけて刀身を寝かせていた。両膝をすこしまげ、腰を沈めている。天羽流、横飛燕の構えである。

……このままでは、長くはもたぬ！

と、永倉は察知した。

ちさは女とは思えない遣い手だが、武器は小脇差である。刀を手にしたふたりの遣い手が相手では、太刀打ちできないだろう。

「ちさどの、右手に動け！」

永倉は、ちさの右手にまわり込んだ溝口の後方に、松が一本太い幹を伸ばしているのを目にしたのだ。そこまで移動すれば、ちさは右手からの攻撃を避けられる。それで、有利になるということはないが、多少の時が稼げるかもしれない。

「承知」

ちさは小声で言い、小脇差の切っ先を溝口にむけて、すばやい摺《す》り足《あし》で右手に動いた。

永倉もちさの動きに合わせて右手に動き、横瀬に気をくばりながら、ちさの前に立っていた小笠原に切っ先をむけた。

一気に、右手にいた溝口とちさとの間合がつまった。

突如、溝口が仕掛けた。

シャァッ！

鋭い気合を発し、刀身を横に払った。

刃光がちさの横顔をかすめるようにはしった。瞬間、ちさの動きがとまった。刃光に目を奪われたのである。

次の瞬間、溝口が二の太刀をはなった。

横一文字から真っ向へ。横飛燕のすばやい太刀捌《さば》きである。

咄嗟に、ちさは左手に身を引いた。だが、溝口の斬撃をかわすことはできなかった。

バサッ、とちさの右袖が裂けた。あらわになった二の腕に血の線がはしった。

斬撃を頭部にあびなかったのは、ちさが横飛燕の太刀筋を知っていて咄嗟に左手に身を引いたためである。それに、溝口の横飛燕の太刀筋には横瀬ほどの鋭さがなかった。まだ、溝口は横飛燕の精妙さを会得していなかったのだ。

ちさは、小脇差を構えたまま一歩身を引き、溝口との間合をとった。

このとき、永倉の巨体がひるがえった。

イヤアッ！

裂帛《れっぱく》の気合を発し、ちさの脇から溝口に斬りかかったのである。

刀を振り上げざま袈裟へ。まるで、巨熊が飛びかかってくるような迫力があった。

その切っ先が、刀を八相に構えようとした溝口の左腕をとらえた。溝口の左袖が裂け、前腕に血が浮いた。ただ、浅手のようである。

溝口が慌てて後ろへ飛びすさった。顔に恐怖の色がある。永倉の迫力に圧倒されたようだ。

「ちさどの、右へ！」

永倉が叫んだ。

ちさが、必死の形相《ぎょうそう》で右手へ走った。溝口が後ろへ下がった隙をついたのだ。

「逃がすな！」

横瀬、小笠原、溝口の三人が追ってきた。

6

平吉は懸命に走った。陽に灼《や》けた丸顔が、苦しげにゆがんでいる。心ノ臓が早鐘のように鳴りだし、息が苦しくなってきた。足ももつれている。それでも、平吉は走るのをやめなかった。

……早く助けねえと、ちささまが殺される！

平吉は頭のなかで叫びながら必死に走った。

柳原通りから千坂道場のある路地に走り込むと、前方に道場の屋根が見えてきた。陽は家並の向こうに沈んでいたが、西の空には血を流したような残照がひろがり、道場の甍《いらか》を淡い茜色《あかねいろ》でつつんでいる。

平吉は道場の戸口から飛び込んだ。

「ち、千坂さまァ！」

平吉は喉《のど》の裂けるような声を上げ、戸口の土間へへたり込んだ。苦しくて立っていられなかったのだ。

このとき、彦四郎は道場でお花と竹刀を振っていた。お花にせがまれて、つきあっていたのである。

彦四郎は平吉の声を耳にし、戸口に飛び出した。

平吉は戸口にへたり込んだまま、ハァ、ハァ、と荒い息を吐いていたが、彦四郎の顔を見ると、

「ち、ちさまが殺される！」

と、うわずった声で叫んだ。

「なに！　横瀬たちに襲われたのか」

彦四郎は、すぐに何が起こったか察知した。

「へ、へい」

「場所はどこだ」

訊きながら、彦四郎は稽古着の袴の股《もも》だちを取っていた。ちさと永倉を助けねばならない。

「い、家の近くでさァ」

「すぐ、行く」

彦四郎は、目を瞠《みひら》いて脇に立っているお花に、花、母のところへ行け、と声をかけてから土間へ下りた。

彦四郎は木刀を引っ提げて、戸口から飛び出した。母屋《おもや》にもどって刀を手にしてくる間はなかったのである。

つづいて外に出た平吉は、よろめくような足取りで彦四郎の後についてきた。ふたりの間はすぐにひろがったが、平吉は走るのをやめなかった。喘《あえ》ぎながら、よろよろと走ってくる。

彦四郎が路地から柳原通りに出たとき、石町《こくちょう》の暮れ六ツ（午後六時）の鐘が鳴った。通り沿いに並んだ古着を売る床店が店仕舞いし始めている。

彦四郎は懸命に走った。何としても、ちさと永倉を横瀬たちの手から助けたかった。

ちさの住む借家のある路地に走り込んですぐ、前方に何人かの人影が見えた。気合と刀身のはじき合う音も聞こえてきた。刀身がにぶくひかっている。永倉とちさが横瀬たちと斬り合っているらしい。

彦四郎は走りながら永倉とちさの姿を目にとめた。

……ふたりとも、無事だ！

永倉とちさは、横瀬たちに立ち向かっていた。

だが、近付くと、ちさの構えがくずれているのが分かった。それに、着物が裂けている。敵《てき》刃《じん》をあびたらしい。無傷ではないようだ。

彦四郎は懸命に走った。

闘っている何人かが、動きをとめて顔をむけた。走り寄る彦四郎の足音に気付いたらしい。

「ち、千坂、来たか！」

永倉が大声を上げた。

走り寄りざま、彦四郎は木刀を八相に構え、ちさに切っ先をむけている小笠原に急迫した。

彦四郎は一足一刀の間境《まざかい》に迫るや否や仕掛けた。

イヤアッ！

裂帛の気合を発し、木刀を袈裟に振り下ろした。虚を衝《つ》いた駆け寄りざまの果敢な一撃だった。

小笠原は反転しざま、刀身を横に払ったが間に合わなかった。

小笠原の切っ先が空を切った瞬間、にぶい骨音がし、小笠原の左腕がだらりと下がった。彦四郎の木刀の一撃が小笠原の左の二の腕を強打し、骨を砕いたのだ。

ギャッ！　と絶叫を上げ、小笠原がよろめいた。刀は取り落としている。

彦四郎は小笠原を追いつめて、二の太刀をふるえば、仕留められたかもしれない。だが、小笠原は追わず、ちさの左の斜前《はすまえ》にいた溝口に迫った。ちさを助けるために、動いたのである。

すぐに、溝口は八相に構えたまま彦四郎と相対したが、顔をこわばらせて後じさった。彦四郎の気魄に呑まれている。

これを見た横瀬が、

「引け！　引け」

と叫び、すばやく後じさって永倉との間合をとると、反転して駆けだした。彦四郎がくわわったことで、利がないとみたようだ。

小笠原と溝口も逃げだした。三人とも逃げ足が速かった。天羽流は山野での実戦も想定し、足腰も鍛えているにちがいない。

彦四郎たちは、後を追わなかった。横瀬たちの後ろ姿が、路地の先に遠ざかっていく。

すぐに、彦四郎はちさのそばに走り寄った。永倉も、刀を手にしたままちさのそばに来た。

ちさは、左の肩と腕に敵刃を受けていた。着物が裂け、血に染まっている。

ちさは、小脇差を手にしたまま目尻をつり上げ、蒼《あお》ざめた顔で立っていたが、彦四郎がそばに来ると、

「お、お師匠、また、助けていただきました」

と、声をつまらせて言った。彦四郎を見つめた顔に、安堵と切なさの入り交じったような表情が浮いている。気が昂《たかぶ》っているせいであろう。傷の痛みは、それほど感じていないように見えた。

「ともかく、傷の手当をせねば」

彦四郎は、ちさの傷に目をやって言った。ちさの傷は腕と肩だが、出血は激しく着物が蘇芳《すおう》色《いろ》に染まり、あらわになった二の腕から血が迸《ほとばし》るように流れ出ていた。彦四郎はたとえ手足の傷であっても、大量の出血で人が死ぬことを知っていた。

「か、かすり傷です」

ちさが、困惑するような顔をして言った。

「いや、浅手ではない。すぐに手当せねば」

彦四郎が言うと、

「何とか、血をとめねばな」

永倉が顔をしかめて言い添えた。

そこへ、平吉が喘ぎながら駆けつけた。血に染まっているちさの腕と肩を見て、

「ち、ちささま、しっかりなさってくだせえ！」

と、ひき攣《つ》ったような声を上げた。

7

彦四郎たちは、ちさの住まいである借家にちさを連れていった。ともかく、ちさの傷の手当

をしようと思ったのである。

ちさは右腕で傷を負った左の二の腕を押さえていたが、歩くのに支障はないようである。

彦四郎は戸口から居間に入るとすぐ、ちさに金創薬《きんそうやく》と傷口を縛る布がないか訊いた。

ちさは晒《さらし》と金創膏《きんそうこう》があると言って、すぐに奥の座敷から持ってきた。こんなときのために用意していたのだろう。

彦四郎は、打ち身や切り傷などの手当に慣れていた。道場の稽古で門弟たちが怪我《けが》をしたとき、医者を呼ぶほどでなければ、彦四郎が手当することが多かったのだ。

彦四郎は、あらためてちさの左肩と左腕を見た。二か所斬られていた。着物の肩口と二の腕が裂け、どっぷりと血を吸っていた。肩はそれほどの傷ではないようだったが、二の腕は深手らしく、傷口から血が流れ出ていた。ただ、左腕は動くようなので、筋や骨には異常ないだろう。

「平吉、桶《おけ》に水を汲んできてくれ」

彦四郎が平吉に言った。まず傷口の汚れを落とそうと思ったのである。

「へい！」

平吉はすぐに戸口から出ていった。

「永倉は、晒を切ってくれんか」

傷口にあてる晒が必要だった。

「分かった」

すぐに、永倉は小刀を抜き、晒を適当な長さに切った。

彦四郎は、あらためてちさの左肩と左腕を見た。血を吸った着物が、べっとりと肌に張り付いている。傷の手当をするには、斬り裂かれた着物が邪魔だった。襟をひらいて、諸肌脱《もろはだぬ》ぎになってもらいたいが、ちさは嫌がるだろう。

そのとき、平吉が手桶に水を汲んできて雑巾《ぞうきん》を敷き、彦四郎の膝脇に置いた。平吉は彦四郎の背後に膝を折り、悲痛な顔をして控えている。

「ちさどの、左の袖を切り落とすぞ」

彦四郎は永倉に小刀を借りてから、ちさの血に染まった着物の肩口をつかんだ。ともかく、傷口を露出させなければならない。

「……………！」

ちさは彦四郎に顔をむけ、ハッとしたような表情を浮かべたが、何も言わず、襟元を右手で押さえるようにして身を硬くした。袖を切り落とすと、肌が露出することをちさは意識したようだ。頬《ほお》や首筋がほんのりと赤みを帯びている。羞恥《しゅうち》らしい。

かまわず、彦四郎は血を吸った着物の左肩先の切目に小刀の切っ先を入れると、袖を縦に斬り裂いた。

アッ、とちさの口からちいさな声が洩《も》れ、ピクッと背筋が伸びた。小刀の峰がちさの首筋に触れたらしい。

着物が縦に裂けると、その間からちさの胸乳《むなち》の膨らみが見えた。白い椀《わん》のような膨らみだった。その白蠟《はくろう》のような肌が、血で赤く染まっている。その白い柔肌《やわはだ》と花弁のような赤い血が、目を射るように鮮やかだった。

一瞬、彦四郎の手がとまった。

着物の下に身を隠していた無垢《むく》な娘が、ふいに姿をあらわしたのだ。

彦四郎は、ちさが女であることを強く意識した。

これまで、ちさは化粧もせず長旅で陽に灼けた浅黒い顔をし、男のような格好をしていたこともあって、あまり女を意識させなかった。ただ、里美と重ねることで、男の門弟とはちがう特別な感情を持ったことはあった。

いま、彦四郎の目の前にいるちさは、色白の美しい娘だった。その娘が白い肌を晒し、傷を負って血に染まり、羞恥に身を顫《ふる》わせている。

だが、彦四郎がちさの柔肌に目を奪われたのは、ほんの一瞬だった。

彦四郎は切り取った晒を手桶の水で濡らし、傷口ちかくの汚れた血を拭いながら、

「平吉、晒に金創膏を塗ってくれ」

と、指示した。静かだが、強いひびきのある声だった。心の乱れは消えている。いま、彦四郎が目にしているのは、ちさの傷口から流れ出る血だった。何とかして、その血をとめねばな

らない。

「へい」

すぐに、平吉は腰を上げ、永倉が切り取った晒を折り畳んでから、貝殻につめてある金創膏を晒にたっぷりと塗った。

彦四郎は平吉から金創膏を塗った晒を受け取ると、かぶせるように肩の傷口に当て、さらに別の折り畳んだ晒を上に置いて強く押さえつけた。

「永倉、晒を腋《わき》にまわして縛ってくれ」

彦四郎が、永倉に頼んだ。

「よし」

永倉はすぐに晒をちさの左肩から右腋にまわして縛った。

肩に当てた晒の傷口あたりに血が染みてきたが、急速にひろがる様子はなかった。肩は、それほどの深手ではなかったのだ。

「次は、腕だ」

腕の出血の方が激しかった。腕をつたった血が畳に流れ落ちている。

彦四郎は、血に染まった左腕をつかんで横に上げると、ちさが右腕で胸をおおって身をよじるようにした。羞恥で、身を顫わせている。腋から乳房の膨らみが見えるのを意識したらしい。

彦四郎はかまわず、金創膏を塗った晒を左の二の腕の傷口に当てて押さえると、

「永倉、晒を巻いてくれ」

と、小声をかけた。

すぐに、永倉が晒をちさの腕に巻き始めた。

「厚く頼む」

彦四郎は、腕の出血をとめるために何重にも晒を巻かせた。

永倉が晒を巻き終えると、

「ちさどの、これで血がとまるはずだ」

と言って、彦四郎は畳にどっかりと腰を下ろした。顔に安堵の色があった。命にかかわるようなことはないと思ったのである。

ちさは困惑したような顔をしていたが、右腕で胸を押さえたまま彦四郎と永倉に、

「……この御恩、終生忘れませぬ」

と声をつまらせて言い、深く頭を下げた。

脇に控えていた平吉の顔にも、ほっとした表情があった。

その夜、彦四郎と永倉は夜が明けるまでちさの住む借家で過ごした。ちさは、ひどく恐縮し、傷の心配はないので帰ってほしい、と口にしたが、彦四郎と永倉はとどまった。ちさと平吉だけを残して、帰るわけにはいかなかった。ちさの傷のこともあったが、それより横瀬たちに襲われることが心配だったのだ。

ただ、彦四郎は平吉を道場に走らせ、里美に、ちさが何者かに襲われる恐れがあるので、永倉とふたりでちさの家にとどまる、とだけ伝えさせた。里美とお花が心配していると思ったのである。すでに、お花が、道場に駆け込んできた平吉の話を母親にしているはずなので、里美は事態を察するだろう。

翌朝、彦四郎はちさと平吉を道場に連れていくことにした。ちさは、これ以上迷惑をかけるわけにはいかないと言って断ろうとしたが、彦四郎は手傷を負ったちさを借家に残したまま帰れなかったのである。

ただ、ちさを長く道場にとどめておくことはできなかった。彦四郎は木崎に連絡をとり、とりあえずちさの傷が治るまで藩邸内にとどまらせるつもりだった。

一方、永倉は町宿として借りている家に帰ることになった。妻女のおくめが心配しているはずである。

彦四郎、ちさ、平吉の三人は、曙色《あけぼのいろ》に染まった豊島町の町筋を千坂道場にむかって歩いた。ちさは、傷口を縛った包帯と斬り裂かれた着物が見えないように別の小袖を肩にかけ、扱《しご》き帯で縛っていた。

ちさは、彦四郎の陰に身を隠すように跟《つ》いてきた。思いつめたような顔をし、彦四郎の背にすがるような目をむけている。

第三章　刺客たち

1

「お師匠、木崎どのがみえたぞ」

永倉が、木刀を振っている彦四郎のそばに来て言った。

この日、午後の稽古が終わった後、いつも居残りで稽古をする若い門弟たちが帰ったこともあって、彦四郎は久し振りで永倉と一刀流の組太刀の稽古をしていたのだ。

「ひとりか」

彦四郎は、ちさもいっしょではないかと思ったのだ。

「四人だ。ちさどのも来ている」

「ちさどのの傷は、癒《い》えたのかな」

ちさが横瀬たちに襲われて、十日ほど過ぎていた。この間、ちさは松浦藩の上屋敷にとどまり、傷の養生をしていたはずである。

「どうする?」

永倉が訊いた。

「ともかく、道場に上げてくれ」

門弟たちがいないので、狭い客間より道場の方が話しやすいと思ったのである。

彦四郎が道場のなかほどに座して待つと、永倉が四人を連れて入ってきた。木崎、ちさ、河津、それに五十がらみの武士だった。

ちさの肩口に巻かれている晒が見えたが、立ち居に傷を庇《かば》うような動きはなかった。相変わらず小袖に袴姿で、総髪を後ろで無造作に束ねている。ただ、すこしやつれたようだった。頰の肉が落ち、すこし痩せたように見える。思いつめたような表情をしていたが、細い目には強いひかりが宿っていた。

彦四郎の脇に永倉が座し、木崎たち四人と対座した。

まず、木崎がちさを助けてくれた彦四郎と永倉に礼を述べ、つづいて彦四郎の正面に座した五十がらみの男が、

「それがし、松浦藩の大目付、清重五左衛門でござる」

と、名乗った。

大目付となると、木崎や河津たち目付筋を支配している男であろう。

つづいて、彦四郎と永倉が名乗り、

「大名家の重職の方が、このような町道場に何用でございましょうか」

と、彦四郎が訊いた。

殺された吉村や襲われたちさのことだけで、清重がわざわざ訪ねてくるとは思えなかった。それに、ちさを除けば、清重をはじめ目付筋の者たちばかりである。

「お師匠に願いがあって、まいったのです」

木崎が声をあらためて言った。

「何かな」

「すでに、お師匠には、天羽流の横瀬たちについてお話ししてありますが、実はその三人のことです。……ちさどのを襲ったのは横瀬たちのようですが、承知しておられましょうか」

木崎が念を押すように訊いた。

「知っているが」

ちさが襲われた後、あらためてちさから横瀬、小笠原、溝口の顔や体軀を聞き、顔と名が一致したのだ。

「その三人を討つために、お師匠たちに手を貸していただきたいのです」

木崎が彦四郎と永倉に目をやって言った。

「手を貸してくれと言われても……」

彦四郎は返答のしようがなかった。

胸の内には、剣客として横瀬たちの遣う横飛燕と勝負したい気持ちはあった。それに、殺された吉村と襲われたちさは、千坂道場の門弟だった。道場主として、横瀬たち三人を討つ大義名分は立つ。だが、これは大名家の内紛だった。剣術の町道場がかかわるような件ではない。

彦四郎と永倉が応えずにいると、

「木崎、まず、千坂どのたちに此度《こたび》の件の実情をお話ししておこう。……実は、横瀬たち三人は、藩から逐電したのではないらしいのだ」

そう言って、清重が顔に憂慮の翳《かげ》を浮かべた。

「では、三人は何のために出府したのです」

彦四郎が訊いた。

「江戸におられるご家老を暗殺するためらしいのだ」

清重は江戸家老の名までは口にしなかった。

「すると、刺客？」

思わず、彦四郎が聞き返した。

「さよう。……木崎、藩の内情をかいつまんで話してくれ」

清重が、木崎に顔をむけて言った。

「承知しました」

すぐに、木崎が話しだした。

木崎によると、国許において、横瀬たち天羽流一門の者が数人で下城する勘定奉行の秋月孫兵衛一行を襲って斬殺したという。この一件を調べていた国許の目付筋によると、次席家老、土浦佐右衛門が横瀬たちに命じて秋月を襲わせたらしい。

秋月は次席家老、土浦佐右衛門による、藩の専売である材木、木炭、漆などの取引きにかかわる不正をつかんでいて、それを揉み消すために土浦が秋月の暗殺を謀《はか》ったらしいという。

ただ、確かな証《あかし》はなく推測が多かったので、土浦を吟味するまでにはいたっていないという。

そうしたことを木崎がかいつまんで話し終えたとき、黙って聞いていたちさが、

「わたしの兄、達之助は秋月さまといっしょに殺されたのです。それで、わたしは藩に願い出て、討っ手のひとりにくわえていただきました」

と、震えをおびた声で言った。ちさの胸に、兄を討たれた無念が込み上げてきたのかもしれない。

「すると、ちさどのは兄上の仇討《あだう》ちのために?」

思わず、彦四郎が聞き返した。

「はい。ですが、わたしは藩の討っ手のひとりとして江戸にまいりましたので、清重さまのお指図にしたがっております」

ちさが、きつい表情をして言った。仇討ちのためだけに、勝手に動けないということらしい。

「うむ……」

ちさが思いつめたような顔で稽古に取り組んでいる姿には、他の門人とはちがう苛烈《かれつ》なものがあった。胸の内に兄の敵を討ちたいという悲願があるためであろう。

彦四郎はちさの話を聞いて、仇討ちのためなら助太刀してもいいと思った。ただ、藩の内紛にかかわって、清重たちの指図で動くつもりはなかった。

そのとき、黙って話を聞いていた永倉が、

「それで、江戸にも横瀬たちの後ろで手引きしている者がいるのではないのか」

と、口をはさんだ。

永倉は、松浦藩と同じ陸奥国畠江藩の江戸づめの家臣だった。しかも、藩の内紛にかかわったこともあるので、松浦藩の内情も分かるのだろう。

「はい。永倉どののおおせのとおり、江戸にも横瀬たちに味方する者がいるとみております」

そう言って、木崎が江戸留守居役、樋口政右衛門の名を口にした。

「留守居役か」

永倉が、いかめしい顔をしてうなずいた。

「それに、樋口さまに与《くみ》する者もおります」

木崎によると、樋口の配下の者、数人が横瀬たちに味方し、便宜をはかっているらしいという。

「その者たちから、吉村どののやちさどのの情報が横瀬たちに洩れたのではないか」

永倉が身を乗り出すようにして訊いた。

「われらも、そうみております」

木崎によると、すでに樋口の配下たちの名をつかみ、その動向に目付筋の者たちが目を配っているという。

「その者を捕らえ、横瀬たちの居所を吐かせたらどうだ」

永倉が言った。

「それも手だが、その者たちを捕らえて吟味すれば、すぐに横瀬たちは隠れ家を変えるのではないかな。……いまはひそかに尾行し、その行き先をつきとめる方が確かだとみているのだ」

清重が、重いひびきのある声で言った。

「うむ……」

永倉が口を引き結んでうなずいた。

「それに、横瀬たちに味方している者のなかに、腕の立つ者がふたりいるのです」

木崎が、相馬《そうま》盛之助《もりのすけ》と島村重兵衛《しまむらじゅうべえ》の名を口にした。ふたりは江戸勤番の家臣で、神道無念流《しんとうむねん》の遣い手だという。ふたりとも江戸在住が長く、江戸にある道場に通って神道無念流を身につけたそうだ。

「すると、敵側には腕の立つのが五人もいるのか」

思わず、彦四郎の声が大きくなった。横瀬たち三人を討てばいいということではないらしい。

「そうしたこともあって、千坂どのと永倉どののお力を借りたいのだ。むろん、相応の礼はするつもりでいる」

清重が言った。松浦藩としては、道場の門弟の仇討ちという名目で横瀬たちを討てば、彦四郎と永倉の手を借りても大義名分が立つという。

「ちさどのや木崎が、兄や吉村の敵を討つおりの助太刀ならば……」

彦四郎は、礼はともかく門弟であるちさと木崎にならば手を貸してもいいと思った。

彦四郎が、永倉はどうする、と小声で訊くと、

「おれも、お師匠と同じだ」

と、永倉がいかめしい顔で言った。

「それはかたじけない」

清重や木崎たちの顔に、ほっとした表情が浮いた。

そのとき、ちさが、

「わたしにも、お願いがございます」

と、彦四郎を見つめて言った。真剣な顔付きである。

「なにかな」

「だいぶ傷も癒えました。あと数日すれば、木刀を振れるようになります。また、稽古に通わ

せていただきたいのですが」

ちさが訴えるように言った。

「だが、道場に通うことが――」

愛宕下の藩邸から通うのは無理である。

「そのことでござるが、それがしの住む家のすぐ近くに借家があります。そこに、ちさどのに住んでもらい、それがしもいっしょに通うつもりでおります。……それに、下目付の佐々木重吉という男も、門弟になることを望んでおりますので、お師匠にお許しいただければ、佐々木をそれがしの家に住まわせ、三人でいっしょに通うことができます」

木崎が言い添えた。木崎の住む町宿は、日本橋小伝馬町にあると聞いていた。ちさは小伝馬町から道場に通うつもりらしい。どうやら、ちさと木崎との間でそうした話がしてあって、ちさもいっしょに来たらしい。

「うむ……」

彦四郎は、佐々木という男の腕のほどは知らなかったが、三人でも心許ないと思った。敵は横瀬たち三人の他に、神道無念流の遣い手がふたりいるという。木崎たち三人では太刀打ちできないのではあるまいか。

「お師匠、わたしは兄を斬った横瀬たちに一太刀なりとも浴びせたい一念で、江戸へまいりましたが、いまのわたしの腕では横瀬たちに太刀打ちできません。……何とか横飛燕に立ち向かえるように、稽古をつづけたいのです」

ちさの彦四郎を見つめた目に、燃えるようなひかりがあった。

するど、ちさの話を聞いていた永倉が、

「道場から小伝馬町までは、賑やかな大通りが多い。横瀬たちも道場の行き帰りに、ちさどののたちを襲うことはあるまい。それに、稽古が遅くなったときは、おれが途中まで送ってやろう」

と、口をはさんだ。

「分かった。三人で道場に通ってくれ」

彦四郎も、永倉がいっしょなら、ちさたちが道場の行き帰りに襲われることはないとみた。すでに、横瀬たちは道場帰りの永倉とちさを襲い、失敗している。横瀬たちも別の手を考えるはずだ。それより、尾行されないようにすることが大事だった。それぞれの町宿を襲われる危険の方が大きいだろう。

彦四郎が尾行に気をつけるように話すと、

「油断はしません」

木崎が顔をひきしめて言い、ちさもうなずいた。

2

「ちさどの、小脇差の切っ先を敵の喉元《のどもと》につけろ」

彦四郎がちさに言った。

「はい！」

ちさは半身に構え、右手を突き出すように前に出し、小脇差の先を彦四郎の喉元にむけた。左手は腰にとっている。小太刀が刀を持った敵と対峙したときの構えである。

ちさ、木崎、佐々木の三人が道場に通うようになって、五日目だった。午後の稽古が終わった後、彦四郎はちさに、組太刀の稽古をすることを伝えた。一刀流の手繰打を教えようと思ったのである。

手繰打は、敵が八相や上段に構えたとき、威力を発揮する技だった。それに、敵が動いた瞬間をとらえて踏み込み、籠手を打つ技なので、敵の懐に飛び込むことが神髄である小太刀に適した技といえる。

彦四郎は一刀流の陰《いん》の構えでなく、八相から両肘を下げ、切っ先を右手にむけて木刀を寝かせた。横飛燕の構えをとったのである。

「よいか、おれが、木刀を横に払い、すぐに振りかぶって、真っ向へ打ち込む。……ちさどのは、おれが振りかぶったところをとらえて踏み込み、胸を突け！」

手繰打は敵の籠手を打つのだが、籠手ではなく胸を突かせよう、と彦四郎は思った。刀ではむずかしいが、小脇差なら敵の懐に飛び込んで胸を突けるはずである。

「はい！」

ちさが目尻をつり上げて応えた。

女の顔ではなかった。顔がひき締まり、胸の内の強い一念で、双眸が切っ先のようにひかっている。剣客らしい凄《すご》みさえ感じられた。

彦四郎もまたちさを女ではなく、ひとりの剣客として見ようとしていた。彦四郎の胸には、門弟を女として見るようなことがあれば、道場主はつとまらないという思いがあったのである。

「いくぞ！」

彦四郎は摺り足で、ちさとの間合をつめ始めた。

ちさは、彦四郎の喉元に小脇差の先をつけたまま動かない。

彦四郎は一足一刀の間境に迫るや否や、

タアッ！

と鋭い気合を発し、刀身を横一文字に払った。横飛燕の初太刀である。

咄嗟に、ちさはわずかに身を引いて、彦四郎の木刀の先をかわした。

次の瞬間、彦四郎は二の太刀をはなつべく木刀を振りかぶった。

すかさず、ちさが踏み込んだが、一瞬、彦四郎の真っ向への打ち込みの方が迅《はや》かった。

彦四郎は手の内を絞って、木刀をちさの頭上でとめた。

ちさは、手にした小脇差の先を彦四郎の胸にむけたまま棒立ちになった。目を瞠いたまま息を呑んでいる。

「踏み込みが遅い！」

横瀬たちの遣う横飛燕は、彦四郎の打ち込みより迅いはずだ。いまのちさの踏み込みでは、頭を斬り割られていただろう。

「敵が、刀を横に払った瞬間に踏み込め」

「は、はい！」

「いま一手だ」

ふたたび、彦四郎とちさは間合をとり、横飛燕と小太刀の構えをとった。

ジリジリと、彦四郎が間合を狭めていく。

道場内にいた永倉や数人の門弟たちは手にした木刀を下ろし、彦四郎とちさの稽古に見入っていた。ふたりの稽古には、真剣勝負のような気魄があったのだ。

天をおおうように枝葉を伸ばした榎の下に、淡い夕闇が忍び寄っていた。西の空には茜色の残照がひろがっている。

里美とお花は、母屋の縁先にいた。いっとき前まで、お花は榎の幹を相手に木刀を振っていたのだが、いまは里美の脇に腰を下ろし、母娘いっしょに榎に目をむけている。

道場から木刀を打ち合う音に混じって、男たちの気合が聞こえていた。そのなかに、彦四郎の力強い気合と女の甲走った気合もあった。女の気合は、ちさのものである。ふたりは、組太刀の稽古をしているらしい。

三年ほど前まで、里美は彦四郎とふたりで組太刀の稽古をしていたので、彦四郎の気合や木刀の音だけでどのような稽古をしているか分かるのである。

里美の心に、ちさに対する一抹の不安があった。嫉妬というより、かすかな不安である。

里美は初めてちさの姿を見たとき、若いときのわたしのようだ、と思った。わたしより、男らしいとも思った。ちさは陽に灼けた浅黒い肌をし、目には挑むようなひかりを宿していた。ちさには、女の色香など感じさせない荒々しさがあった。彦四郎も、ちさが女であることをあまり意識していないようだった。

だが、里美の女の目が、

……ちさどのは、美しい女《ひと》だ。

と、見てとっていた。

ちさの目鼻立ちはととのっていたし、形のいいちいさな唇をしていた。小袖や袴につつんだ体には、女らしい膨らみやしなやかな曲線が見てとれた。

里美は、ちさが色白の美しい肌をしていることも知っていた。動きのなかで、襟元や袖口から白蠟のような柔肌が覗くことがあったのだ。

里美の心に不安が生じたのは、彦四郎がちさの持っている女の美しさに気付いたとき、彦四郎の心がどう動くか分からなかったからである。彦四郎がちさの美しさに触れ、心を寄せるようになれば、里美の不安は強い嫉妬に変わるかもしれない。

そのとき、お花が里美を見上げ、

「母上、父上と稽古をしてもいい」

と、里美の目を覗くようにして訊いた。

「今日は遅いから、明日になさい。それに、いま、父上は大事な稽古をしているのですよ」

里美は笑みを浮かべて言った。心の内の乱れを、お花に気付かれたくなかったのである。それに、彦四郎がちさと稽古をしているのは、横飛燕と称する刀法を破るためであることを里美は知っていた。彦四郎は里美に、ちさが兄の敵を討つために出府してきたことや敵の遣う横飛燕のことなどを話していたのだ。

「明日、熊ちゃんもいるかな」

お花が訊いた。

「いますよ。永倉どのも、きっと、花と剣術の稽古をしてくれます」

里美は、さァ、夕餉《ゆうげ》の支度をしましょう、と言って立ち上がった。

「はァい」

お花も立ち上がり、里美より先に座敷に入った。

道場からは、まだ彦四郎とちさの気合が聞こえていた。

3

午後の稽古を終えた後、木崎とちさが彦四郎のそばに来て、

「お師匠、小笠原の居所が知れました」

と、木崎が小声で言った。小笠原は、横瀬たちがちさと永倉を襲ったとき、彦四郎が木刀で左腕の骨を砕いた男である。

佐々木も道場に残っていて、木崎たちの後ろにいた。

彦四郎、木崎、ちさ、佐々木の四人は、まだ稽古着姿だった。どの顔も、汗でひかっている。

「それで、どうする?」

彦四郎が訊いた。

「討つつもりです」

木崎が言うと、ちさもうなずいた。ふたりの顔付きには、ふだんとちがうきびしさがあった。

彦四郎は、永倉にも話そう、と言って、永倉を呼び、五人で道場の奥にある客間に入った。

道場には十人ほどの門弟が残って稽古をしていた。彦四郎は、門弟たちに話を聞かせたくなかったのである。

座敷に腰を下ろすと、木崎があらためて小笠原の居所が知れたことを永倉に話した。

「小笠原は、どこに身をひそめていたのだ」

永倉が訊いた。

「京橋の水谷町です」

木崎によると、小笠原は富永周助《とみながしゅうすけ》という藩士の住む町宿にもぐり込んでいたという。なお、富永は江戸留守居役の樋口の配下で、使番《つかいばん》だという。

「横瀬や溝口の居所は、知れないのか」

「まだ、知れません。小笠原は左腕の傷が癒えるまで、横瀬たちとは別に身をひそめていたのかもしれません」

「清重どのは、何とおおせられたのだ」

彦四郎が訊いた。

「大目付さまは、敵の居所が知れ次第、ひとりでもふたりでも討ち取りたいとのことでした。敵の戦力を奪うことで、ご家老の襲撃をあきらめさせる狙いのようです」

木崎によると、江戸家老の森野は藩邸を出るのもままならない状態にあるという。

森野は、一度藩邸を出た後、横瀬たちに襲われたことがあったそうだ。そのときは、藩邸から駕籠で出るふりをして、森野は警護の者にまぎれていたという。横瀬たちの襲撃を用心してのことだった。

襲撃者は、ふたりだけだったという。網代笠をかぶっていたので何者かはっきりしなかったが、その体軀から横瀬と溝口にまちがいないそうだ。

いきなり、槍《やり》を手にしたふたりが物陰から飛び出し、駕籠を槍で突いた。横瀬たちは空駕籠《から》であることに気付くと、槍を捨てて逃げたという。

その後、森野は藩邸から出るおり、徒組《かちぐみ》や目付筋から腕の立つ者を十人ほど選び、警固として従え、駕籠のまわりをかためているそうだ。

「それに、小笠原を討ち取って富永を捕らえれば、横瀬たちの居所が分かるかもしれません」

木崎が言い添えた。

「分かった。それで、いつやるのだ」

彦四郎が訊いた。

「明日の未明か夕方はどうでしょうか」

「早い方がいいな」

彦四郎は、未明なら小笠原は家にいるのではないかと思った。夕方では、家をあけているかもしれない。

「承知しました」

木崎が答えると、ちさもうなずいた。

「それで、味方の人数は」

永倉が訊いた。

「おふたりに助太刀《すけだち》していただければ、五人になります」

木崎が、ここにいる五人です、と言い添えた。

「人数は多すぎるほどだ」

永倉がつぶやくような声で言った。

敵は小笠原と富永のふたり。味方は木崎、ちさ、佐々木、それに彦四郎と永倉がくわわることになる。


その日、永倉は道場に泊まり、翌未明、寅《とら》ノ上刻《じょうこく》（午前三時過ぎ）ごろ、彦四郎と永倉は道場を出た。

頭上に、十六夜《いざよい》の月が皓々《こうこう》とかがやいていた。提灯はなくとも歩けそうである。町筋は深い夜の帳《とばり》につつまれ、ひっそりと寝静まっていた。

ふたりは、足早に日本橋の町筋を抜け、通り沿いに大店《おおだな》の並ぶ日本橋の表通りを経て、京橋に出た。

橋のたもとに、木崎たち三人が待っていた。三人とも小袖にたっつけ袴で、草鞋《わらじ》履きだった。

木崎と佐々木は大小を腰に帯びていたが、ちさは小脇差だけである。

「待たせかな」

彦四郎が声をかけた。

「いえ、われらも来たばかりです」

木崎が言った。

「まず、ふたりが家にいるかどうか確かめねばならぬな」

「昨夜、それがしと佐々木とで様子を見に来たときは、ふたりとも家にいました」

木崎が彦四郎と永倉に目をむけて言った。

「ともかく、行ってみよう」

「こちらです」

木崎と佐々木が先に立った。

京橋を渡り、すぐに左手におれた。水谷町は京橋から近かった。京橋川沿いにつづいている町である。

まだ、町筋は夜陰に沈んでいた。風があり、京橋川の川面《かわも》に立ったさざ波が汀《みぎわ》の石垣に寄せて、ちゃぷちゃぷと幼児でも戯れているような音を立てていた。彦四郎たちは、その波音を聞きながら東にむかった。

水谷町へ入って間もなく、

「ここをまがった先です」

と木崎が言って、右手の路地に入った。

そこは狭い路地で、闇が急に深くなったように感じられた。路地沿いに小体《こてい》な店や仕舞屋などがつづき、月光を遮っていたのだ。それでも、東の空が明らんできたこともあって、何とか路地を歩くことができた。

路地に入って二町ほど歩いたとき、木崎と佐々木が路傍に足をとめた。

「そこの板塀のある家です」

木崎が斜向《はすむ》かいにある仕舞屋を指差して言った。

路地に面した借家ふうの仕舞屋だった。家の両脇は、板塀になっていた。裏手には、別の家があった。やはり、借家らしい。

「近付いてみよう」

彦四郎たちは足音を忍ばせて仕舞屋に近付き、板塀の陰に身を寄せた。

家から洩れてくる灯《ひ》の色はなかった。物音も話し声も聞こえてこない。ひっそりと夜の帳につつまれている。

「まだ、眠っているようだ」

彦四郎は、東の空に目をやった。

かすかに茜色を帯び、空が明るくなっていた。一刻《いっとき》（二時間）もすれば、辺りが白んでくるはずだ。

「もうすこし待とう」

彦四郎が、その場にいる四人に小声で言った。

4

「そろそろだな」

だいぶ、辺りが白んできた。東の空に茜色がひろがり、上空が明るくなっている。星はひかりを失い、付近の樹木や家々が色彩と輪郭をとりもどしつつあった。板塀や仕舞屋が、はっきりとその姿をあらわしてきた。そろそろ払暁《ふつぎょう》であろう。

「支度をしよう」

彦四郎が四人に声をかけた。

支度といっても、彦四郎と永倉は袴の股だちを取り、刀の目釘《めくぎ》を確かめるだけである。木崎、ちさ、佐々木の三人は、襷《たすき》で両袖を絞った。

「裏手は」

彦四郎が訊いた。

「背戸《せど》があるようですが、表にまわらなければ路地には出られません」

「念のために、永倉と佐々木は裏手から踏み込んでもらおうか」

彦四郎が永倉に目をむけると、

「承知した」

すぐに、永倉がうなずいた。

彦四郎たち五人は、足音を忍ばせて表の戸口にむかった。

戸口の引き戸はしめてあった。ただ、戸締まりはしていないらしく、一寸ほどあいたままになっている。朽ちかけた古い戸なので、心張り棒も役に立たないのかもしれない。

「おれたちは、裏へまわるぞ」

そう言い残し、永倉と佐々木は家の脇から裏手にまわった。

彦四郎は、板塀に身を寄せてなかの気配をうかがった。かすかに、鼾《いびき》らしい音が聞こえてきた。夜具を動かすような音もする。戸口から離れた座敷に、だれか寝ているようだ。

彦四郎は永倉たちが裏手にまわったのを見計らい、

「踏み込むぞ」

と小声で言い、引き戸に手をかけた。

戸はすぐにあいた。敷居につづいて土間があり、その先が狭い板敷きの間になっていた。

彦四郎たちは土間に入った。家のなかは、まだ静寂につつまれていた。人の動く気配がない。

引き戸をあける音でも、目を覚まさなかったようだ。

板敷きの間の奥に障子がたててあった。その障子の向こうから、かすかに鼾が聞こえた。そこで寝ているらしい。

「座敷に踏み込む」

彦四郎が板敷きの間に上がり、木崎とちさがつづいた。

ミシ、ミシ、と床板が軋《きし》んだ。古い家なので、根太《ねだ》が朽ちかけているのかもしれない。

ふいに、障子の向こうから聞こえていた鼾がとまった。床板の軋む音で、目を覚ましたようだ。

人のいる気配がしたが、物音も人声も聞こえなかった。息をひそめて、戸口の気配をうかがっているのかもしれない。

「だれだ！　そこにいるのは」

いきなり、障子のむこうで声がした。男の声である。

つづいて、夜具を撥《は》ね除《の》けて立ち上がるような音が聞こえた。ひとりではなく、ふたりいるらしい。

「千坂道場の者だ！　小笠原、顔を見せろ」

彦四郎が声を上げ、抜刀した。

木崎とちさも刀と小脇差を抜いた。

「千坂たちが、踏み込んできたぞ！」

「なに！　千坂だと」

障子の向こうで、男の怒鳴り声が聞こえ、ガラリ、と障子があいた。

姿を見せたのは、長身の武士である。小笠原だった。左腕に分厚く晒を巻いていた。右手に、大刀をひっ提げている。

小笠原の背後に、小太りの武士がいた。彦四郎は顔を知らなかったが、富永であろう。富永も刀を手にしていた。

「小笠原弥蔵、兄の敵、尋常に勝負しろ！」

ちさが甲走った声を上げ、小刀の切っ先を小笠原にむけた。

「ちさ！　達之助を斬ったのは、おれではないぞ」

小笠原が、障子のそばから後じさりながら言った。

「おまえも、兄を襲ったひとりだ！」

ちさが、小笠原にむかって足を踏みだした。殺気だった目で、小笠原を睨みつけている。

彦四郎も、ちさとともに小笠原のいる座敷に近付いた。

「小笠原、裏へ逃げろ！」

富永が叫んだ。

その声で、小笠原が背後の襖沿《ふすまぞ》いを左手に逃げた。左手が廊下になっているらしい。

彦四郎とちさが座敷に踏み込むのと、小笠原が左手の障子をあけて廊下へ飛び出すのとが同時だった。

富永は、隣部屋との境になっている襖に背を張り付けて身を顫わせていた。すでに刀を抜いていたが、彦四郎たちに立ち向かう気はないようだ。

彦四郎とちさは、木崎に富永をまかせて廊下へ出た。薄暗い廊下の先に立っている小笠原の背が見えた。足をとめて、つっ立っている。前方の土間に、巨漢の永倉と佐々木の姿があり、逃げられなくなったようだ。

永倉たちが立っている場所は、台所になっているらしい。永倉たちは裏口から入ってきたようだ。

小笠原は裏から逃げられないとみて反転したが、その場に立ったまま動けなかった。廊下には、彦四郎とちさが立っていたのである。

いきなり、小笠原が右手の障子をあけて座敷に飛び込んだ。逃げるつもりらしい。

そこは、小笠原と富永が寝ていた座敷より奥の座敷だった。

彦四郎はすばやく廊下を進み、小笠原が踏み込んだ座敷の障子をあけた。ちさもつづいて、もう一枚の障子をあけた。

薄暗い座敷の隅に小笠原が立っていた。どこにも逃げ場がない。小笠原は目尻をつり上げ、歯を剝き出していた。追いつめられた手負いの獣のようである。

「小笠原、観念しろ」

彦四郎は座敷に踏み込んで小笠原と対峙した。

ちさは、小笠原の右手にまわり込んだ。小太刀の身構えで、切っ先を小笠原にむけている。

「お、おのれ！」

小笠原は甲走った声を上げて刀を八相に構えると、両肘を下げ、切っ先を右手にむけて刀身を寝かせた。横飛燕の構えである。

だが、刀身がビクビクと震えていた。体も揺れている。左腕が自在にならないらしい。それに激しい気の昂《たかぶ》りで、体が硬くなっているようだ。

彦四郎は脇にいるちさに目をやった。

ちさは、小笠原を睨むように見すえ、小脇差を手にした右手を前に出すように構えていた。その切っ先が、ピタリと小笠原の喉元につけられている。

……ちさは、小笠原を討てる！

と、彦四郎はみた。

すばやく、彦四郎は右手に動き、

「ちさどの、正面から攻めろ」

と、声をかけた。ちさの手で、小笠原を討たせてやりたかったのだ。

「はい！」

すぐに、ちさが小笠原の正面にまわり込んだ。

「女とて、容赦はせぬぞ！」

小笠原が威嚇するように声を上げた。

だが、ちさは小笠原を見すえたままジリジリと間合をつめ始めた。小脇差の切っ先は、ピタリと小笠原の喉元につけられている。

ちさが斬撃の間境に迫ると、小笠原が先に仕掛けた。

シャアッ！

と鋭い気合を発し、刀身を横に払った。横飛燕の初太刀のおりに発する気合である。

が、刀身が揺れ、鋭さもなかった。ちさは、はっきりとその太刀筋を見極めることができた。

次の瞬間、小笠原が刀身を返して刀を振り上げた。

刹那、ちさが小笠原の胸元に飛び込んだ。迅《はや》い！　小太刀の素早い寄り身と、一刀流手繰打の一瞬の踏み込みによるものだった。

ヤッ！　と気合を発し、ちさが小脇差で小笠原の胸を突いた。

小笠原は振り上げた刀を真っ向に斬り落とそうとしたが、左肘がちさの肩に当たって両腕がとまった。

ちさの小脇差は、小笠原の胸に深々と刺さっている。ちさと小笠原は体を密着させたまま動かなかった。

ぐわっ、と小笠原が一声叫び、右手でちさの肩口をつかんで突き飛ばそうとした。その瞬間、ちさが後ろへ跳んだ。

小笠原の胸から小脇差が抜け、血が勢いよく飛び散った。ちさの小脇差が心ノ臓を突き刺したらしい。小笠原は苦しげに顔をゆがめて呻《うめ》き声を上げながら、その場につっ立っていた。血は心ノ臓の鼓動に合わせて何度か勢いよく噴出したが、やがて流れ出るだけになった。

ゆらっ、と小笠原の体が揺れ、腰からくずれるように転倒した。

座敷に横たわった小笠原は、動かなかった。わずかに、四肢が痙攣《けいれん》しているだけである。畳に流れ出た血が、小笠原の体を赤い布でつつむようにひろがっていく。

「ちさどの、見事だ！」

彦四郎が、ちさのそばに歩を寄せて声をかけた。

ふいに、ちさは彦四郎の方へ体をむけ、倒れ込むように身を寄せると、

「千坂さま……」

とかすれ声で言い、左手を彦四郎の胸に当てた。

ちさの肩先が小刻みに震えていた。喘ぐような息の音が聞こえる。敵のひとりを討った高揚と真剣勝負の緊張から解放されたことが、ちさの心を大胆にしたのかもしれない。

彦四郎は、師匠ではなく、千坂さま、と呼ばれたとき、ちさの思いを知った。いま、ちさは、彦四郎に抱いてほしいと訴えているのだ。

思わず、彦四郎はちさの肩先に左手を伸ばしたが、ちさを引き寄せることはできなかった。

彦四郎の脳裏に里美とお花の顔がよぎったのである。

彦四郎はちさの肩に左手を置いたまま、その場につっ立っていた。ちさは、左手を彦四郎の胸に当てたまま身を硬くしている。ふたりの息の音だけが、呼応し合うように聞こえていた。

そのとき、廊下を歩いてくる重い足音が聞こえた。永倉と佐々木が、台所から入ってきたらしい。

彦四郎は、すぐにちさから身を離した。

ほどなく、障子があいて永倉が顔を出した。

「どうした、千坂」

永倉が訊いた。

「ちさどのが、小笠原を討ちとったぞ」

彦四郎が言った。

「それはよかった」

永倉が相好《そうごう》をくずして声を上げた。

木崎と富永は、戸口のそばの座敷にいた。富永は座敷の隅にへたり込んでいた。刀は脇に置いてある。木崎に抵抗しなかったらしい。

彦四郎たちは座敷に入り、木崎とともに富永から話を聞いた。富永は観念したのか、それとも横瀬たちとそれほどのかかわりはなかったのか、彦四郎や木崎に問われるままに答えた。

まず、木崎が、横瀬と溝口の居所を訊いたが、富永は知らなかった。横瀬たちが江戸にいることは承知していたが、居所までは聞いていなかったようだ。そのことは、小笠原も話さなかったという。

さらに、留守居役の樋口と横瀬たちのかかわりも訊いたが、くわしいことは知らなかった。ただ、樋口が配下の相馬たちを使って横瀬たちと連絡をとっていたことは話した。

「樋口さまには、国許におられる土浦さまからのご指示があったようだ」

と、富永が小声で言い添えた。

次席家老の土浦は、此度《こたび》の内紛の黒幕と目されている男である。

木崎と富永のやり取りを聞いていた彦四郎が、

「横瀬たちは、松浦藩の屋敷か藩士の町宿のどこかに身をひそめているのではないのか」

と、訊いた。

国許から出府した横瀬たちが、すぐに借家や長屋をみつけて住むのはむずかしいし、樋口の配下の相馬たちが横瀬たちと接触していることからみても、松浦藩の屋敷か町宿ではないかと踏んだのだ。

「黒田屋《くろだや》が、面倒をみていると聞いた覚えがあるが……」

富永が首をひねりながら言った。

「黒田屋とは？」

彦四郎が訊いた。

「材木問屋です」

木崎によると、黒田屋は松浦藩の杉や檜を買い取り、江戸で売りさばいている大店だという。店は深川佐賀町にあり、他に家作なども持っているそうだ。あるじの名は勘兵衛《かんべえ》。留守居役の樋口ともつながりがあるという。

「ならば、黒田屋を探れば、横瀬たちの居所が知れるかもしれんな」

「いかさま」

木崎が目をひからせてうなずいた。

「富永はどうする」

「連れて行きます」

木崎によると、今後の樋口や土浦の詮議も考え、念のため、富永の身柄を確保しておくという。

5

「さて、始めるか」

永倉が道場内に集まっている門弟たちに声をかけた。

五ツ（午前八時）ごろだった。道場には、二十人ほどの門弟が集まっていた。いずれも稽古着姿で、木刀や竹刀を手にしていた。これから、朝稽古が始まるのである。

永倉の合図で、竹刀の素振り、組太刀の稽古、地稽古《じげいこ》などがおこなわれる。千坂道場では、竹刀を使っての試合形式の稽古を地稽古と呼んでいた。

彦四郎は正面の師範座所に腰を下ろし、門弟たちに目を配っていた。

道場主である彦四郎が稽古にくわわるのは、地稽古からが多かった。組太刀は師範座所から見ていて、気のついたことを指南するだけである。ただし、残り稽古のときは、門弟に請われれば組太刀の相手もしてやっていた。

門弟たちが竹刀を手にして素振りを始めて間もなく、戸口に走り寄る慌ただしい足音が聞こえた。

「だれか、手を貸してくれ！」

戸口で、木村助三郎《きむらすけさぶろう》の悲鳴のような声が聞こえた。木村も若い門弟のひとりである。

その声で、戸口近くにいたふたりの門弟が、竹刀を手にしたまま道場から走り出た。佐原と坂口綾之《さかぐちあやの》助《すけ》だった。

坂口は、北町奉行所、臨時《りんじ》廻《まわ》り同心、坂口主水《もんど》の嫡男で、まだ十代半ばだった。父親の坂口も若いころ千坂道場の門弟だったので、親子二代の門人ということになる。

師範座所にいた彦四郎も立ち上がって、戸口にむかった。木村の声から、門弟のだれかが災禍に遭ったのではないかと思ったのである。

戸口に、木村と笹倉欣之助《ささくらきんのすけ》が立っていた。木村が笹倉の右腕を肩にまわし、笹倉の体を支えていた。笹倉は苦しそうな呻き声を上げている。

笹倉の小袖が肩から胸にかけて斬り裂かれ、血に染まっていた。顔も何かでたたかれたらしく、左の瞼《まぶた》が腫《は》れ上がり額に青痣《あおあざ》がはしっていた。

「笹倉、どうした」

思わず、彦四郎が訊いた。

「何者かに、襲われたようです」

笹倉に代わって、木村が答えた。

「ともかく、手当が先だ。みんなで、笹倉を客間に運んでくれ」

戸口には、稽古をしていた永倉をはじめ多くの門弟たちが集まっていた。異変を察知し、稽古をやめて戸口へ出てきたのである。

「佐原、坂口、手を貸せ」

そう言って、永倉はすぐに土間に下り、笹倉の後ろにまわった。

佐原と坂口も土間へ下り、笹倉の体を支えながら道場の奥の客間に運び込んだ。

彦四郎はその場にいた佐原と坂口を母屋に走らせ、里美に話して晒と金創膏を持ってくるよう指示した。

すぐに、彦四郎は笹倉の小袖を脱がせ、肩口の傷を見た。肩から胸にかけて三寸ほどの長さに斬られ、血が流れ出ていた。ただ、それほど深い傷ではなかった。浅く皮肉を裂かれただけである。命にかかわるようなことはないだろう。

顔は打ち身だった。棒のような物でたたかれたにちがいない。おそらく、体も打たれているだろう。

里美が佐原たちといっしょに客間に来た。こわばった顔をしている。手に晒と金創膏をつめた貝殻を持っていた。

「命にかかわるような傷ではない。……里美、小桶《こおけ》に水を汲んできてくれ」

彦四郎は、顔の腫れや痣に濡れた布を当てて冷やそうと思ったのである。

「はい」

里美はすぐに客間から出ていった。

笹倉の手当は小半刻（三十分）で終わった。背や腹にも打擲《ちょうちゃく》の痕《あと》があったが、手当するほどではなかった。

手当を終えると、彦四郎は永倉に、門弟たちを道場にもどして稽古を続けるよう頼んだ。

「承知した」

永倉は客間につづく廊下に集まっていた門弟に声をかけて、道場に連れもどした。

客間に残ったのは、彦四郎、笹倉、木村の三人だけである。

「笹倉、何があったのか、話してくれ」

彦四郎が切り出した。

「は、はい……。道場に来るつもりで新シ橋を渡ったとき、橋のたもとちかくにいた三人の武士にいきなり取りかこまれ、柳の陰に連れていかれました」

笹倉が話したことによると、三人の武士はいずれも小袖に袴姿で二刀を帯びていたという。三人とも、見覚えはないそうだ。

笹倉は三人の隙を見て、柳の陰から逃げようとした。すると、痩身の武士がいきなり斬りかかり、肩から胸にかけて斬られたという。

「三人の武士は、道場のことを訊きました」

笹倉が顔にあてがった濡れた布を手で押さえながら言った。

「どんなことを訊いたのだ」

「女の門弟はいないか、訊かれました」

「ちさどののことだな」

彦四郎は、三人の武士は横瀬たちだろうと思った。横瀬と溝口、それに樋口の配下のひとりではあるまいか。

「はい。口をつぐんでいると、叢に落ちていた棒切れで、顔や体を殴ったのです。……それで殺されると思い、ちさどののことを話してしまいました」

笹倉が困惑したように顔をゆがめた。話してはいけないことをしゃべったと思ったのだろう。

「いや、隠すほどのことではない。ほかに、何か訊かれなかったか」

「門弟に、松浦藩の家臣がいないか訊かれました」

どうやら、横瀬たちはちさや木崎たちの動きを探っていたようだ。

「それで、どう答えた?」

「木崎どのと佐々木どののことを話しました」

「うむ……」

しかたがない、と彦四郎は思った。ちさや木崎たちが道場に通っていることを隠すことはむずかしい。いずれ、横瀬たちには知れるだろう、と彦四郎もみていたのだ。

「ほかに、お師匠のことも訊かれました」

笹倉が言った。

「おれのことを訊いたのか」

思わず、彦四郎は聞き返した。

「はい……」

「それで、何を訊かれたのだ」

「ご家族のことです」

「家族のことだと」

彦四郎は首をひねった。横瀬たちが、何のために自分の家族のことを訊いたのか分からなかったのだ。

「はい。それで、里美さまとお花ちゃんのことを話しました。まずかったでしょうか」

笹倉が上目遣いに彦四郎を見た。

「いや、そんなことはない」

彦四郎は気になったが、話した後ではどうにもならない。それに、笹倉がしゃべらなくても、道場の近くで訊けばすぐに分かることである。

「ほかに、訊かれたことは？」

「ご師範のことや道場の稽古のことです」

笹倉によると、永倉の名や住居、それに、道場の門弟の人数や稽古が終わるのは何時《なんどき》ごろかなど訊かれたという。

「そうか」

横瀬たちは、ちさや木崎たちを襲うつもりで永倉のことも訊いたにちがいない。彦四郎は、しばらくちさたちの稽古は午前だけに、帰りの道筋も変えさせようと思った。

「訊かれたのは、それだけです」

三人の武士は、笹倉をその場に残して立ち去ったという。

笹倉が肩の傷口を押さえ、柳の陰からよろよろと通りまで出たとき、ちょうど通りかかった木村に助けられたという。

笹倉がそこまで話したとき、

「ともかく、笹倉を道場まで連れてきたのです」

と、木村が言い添えた。

「あらかた様子は知れた。……笹倉、傷の痛みがひくまで、しばらく稽古を休むがいい」

そう言って、彦四郎は笹倉と木村をいったん道場に帰した。稽古を終えてから、笹倉は同じ御徒町《おかちまち》に屋敷のある木村や川田たちといっしょに帰そうと思ったのである。

彦四郎は朝稽古が終わると、永倉、ちさ、木崎、佐々木の四人に、笹倉から聞いたことを伝え、道場へ通う道筋を変えることと午後の稽古はしばらく休むように話した。

「それにしても、執念深いやつらだな」

永倉が顔をしかめて言った。

ちさたち三人も、顔をこわばらせていた。横瀬たちが笹倉を打擲したのは、ちさたちを襲うためだと分かったのだろう。

「横瀬たちも、小笠原が討たれて焦《あせ》っているようだ」

それだけに、横瀬たちが何をしてくるかしれなかった。

「ともかく、早く横瀬と溝口を討つことだな」

永倉が語気を強くして言った。

6

道場のなかに、鋭い気合と木刀を打ち合う音がひびいていた。

朝の稽古を終え、門弟たちが帰った後だった。道場内には、彦四郎、永倉、ちさ、木崎、佐々木の五人がいた。

彦四郎たちは、手繰打の稽古をしていた。彦四郎とちさ、永倉と木崎が組み、木刀をむけ合っていた。佐々木は、道場の隅に端座していた。見取り稽古をしながら、どちらかの稽古が終わるのを待っていたのである。

木崎はちさから小笠原との立ち合いの様子を聞き、天羽流の横飛燕に対し、手繰打に利があったことを知ると、

「お師匠、われらにも手繰打を指南してください」

と、佐々木とふたりで懇願したのである。

「ならば、永倉にも頼もう」

そう言って、彦四郎は永倉にも話し、朝稽古の後、手繰打の稽古をすることになったのである。

小笠原を討った後、ちさは胸中の思いを素振《そぶ》りで彦四郎に吐露したが、ちさのその後の態度や稽古ぶりは以前と変わらなかった。むしろ、稽古は前より荒々しくなり、女らしさは微塵《みじん》も

見せなかった。

ただ、彦四郎は、ちさの胸のなかに彦四郎に対する思慕の情が隠されていることを知っていた。稽古の後の気が緩んだときや道場内でふたりだけになったおりなど、彦四郎にむけられたちさの目に切なそうなひかりが宿っていたのである。

彦四郎もそうしたちさの目に気付くと、心が乱れた。己の心の奥にちさに惹《ひ》かれるものがあり、それが胸の内で膨らんでくるような気がした。

だが、彦四郎は己の心の内の乱れをまったく表に出さなかった。ちさにも木崎や他の門弟たちにも、これまでと変わりなく接していた。おそらく、彦四郎の胸の内を知るものはだれもいないだろう。

彦四郎は木刀を手にし、ちさと相対していた。彦四郎は横飛燕の八相に構え、ちさは小太刀の切っ先を彦四郎の喉元にむけている。

ちさの顔はひき締まり、彦四郎を見すえた双眸は切っ先のような鋭いひかりを宿していた。女の顔ではなかった。剣士の顔である。

ちさも、稽古のおりは女の情念を捨て、ひとりの剣士になりきっていたのだ。

……構えもいい。

と、彦四郎は思った。

ちさの構えには、気魄があった。彦四郎の喉元にむけられた小太刀の先には、そのまま喉を突いてくるような威圧がある。

ちさは小笠原を討ったことで、さらに腕を上げたようだ。剣を修行する者が師匠や師範代から一本取ったり、強敵と立ち合って勝ったりすると、自信がついたせいもあって、急に腕を上げることがあるのだ。

「いくぞ！」

彦四郎は一声かけ、ちさとの間合をつめ始めた。


母屋の縁先に、千坂藤兵衛と里美が座していた。お花は短い木刀を手にして、榎の幹の前に立っている。

藤兵衛は久し振りに道場に来たが、彦四郎と永倉が松浦藩士を相手に組太刀の稽古をしているのを見て、母屋にまわったのだ。

藤兵衛は、里美が茶を淹れてくれた湯飲みを手にしたままお花に目をむけていた。口許には笑みが浮いている。

お花は、ヤッ！　ヤッ！　と、短い気合を発し、木刀で榎の幹を打っていた。戛《かつ》、戛《かつ》、と乾いた音がひびいている。

「まるで、子供のころの里美を見ているようだ」

藤兵衛が目を細めて言った。

「ちかごろは、道場でも木刀を振ってるんですよ」

里美が手にした湯飲みを膝の上に置いたまま言った。

「親子だな。……お花は、二代目の千坂道場の女剣士かな」

里美は若いころ、千坂道場の女剣士と呼ばれ、近所では評判だった。

「……………」

里美は何も言わなかった。口許に笑みを浮かべたまま膝先に目をやっている。

藤兵衛と里美は口をつぐんだ。聞こえてくるのは、お花の木刀で榎の幹をたたく音と道場の稽古の音だけである。

「彦四郎たちは、手繰打の稽古をしているようだな」

藤兵衛が、つぶやくような声で言った。

藤兵衛は気合や木刀の打ち合う音で、組太刀のなかのどんな技を稽古しているか分かるのである。

里美は黙っていた。道場から聞こえる彦四郎やちさの気合に耳をかたむけ、稽古に励むふたりの姿を思い描いていた。胸の底に、不安とかすかな嫉妬心がある。

「ちさという娘は、若いころの里美とそっくりだな」

そう言うと、藤兵衛は冷めた茶をすすった。

「……………」

「里美より、荒々しい。まったく、男と変わらぬ」

藤兵衛の口許に苦笑いが浮いた。

「ちさどのは、兄の敵を討つために、江戸へ来ていると聞きました。敵を討つ一念が、心を強くしているのでしょう」

里美の声には沈んだひびきがあった。

「里美、何か心配ごとでもあるのか」

藤兵衛が里美の顔を覗き込むようにして訊いた。

「い、いえ」

里美は慌てて首を横に振った。顔に狼狽《ろうばい》の色が浮いた。里美の胸の内には、彦四郎とちさのことがあったのだが、そのことは父親である藤兵衛にも知られたくなかったのだ。

「顔に、心配ごとがあると書いてあるぞ」

藤兵衛は里美の顔を見つめたまま言った。

「そ、それは……」

里美は口ごもった。

「彦四郎のことだな」

「は、はい……。彦四郎さまは、ちさどのたちと横飛燕と称する剣を遣う者と闘ったと聞きました。幸い、討ち取ったとのことですが、まだ、敵側には何人も横飛燕の遣い手がいるそうです。彦四郎さまが、後れをとるようなことになりはしないかと……」

里美は語尾を呑んだ。

このとき、里美の胸の内にあったのは、彦四郎がちさに心を寄せるのではないかという懸念だった。その思いを藤兵衛に知られまいとして、横飛燕との闘いのことを口にしたのである。もっとも、里美は彦四郎が横飛燕を遣う者と闘うことも心配していたので、ごまかしたわけではない。

いっとき、藤兵衛は虚空に目をむけていたが、

「彦四郎は強い。横飛燕にも後れをとるようなことはあるまい」

と、静かだが、強いひびきのある声で言った。

「……………」

里美は藤兵衛に顔をむけた。里美が子供だったころの威厳のある父親の顔だった。

「里美、懸念することはないぞ。彦四郎は剣だけでなく、心も強くなった」

そう言うと、藤兵衛は腰を上げ、

「花、わしが、指南してやるぞ」

とお花に声をかけ、縁先から庭に下りた。

里美は、榎の幹を前にして並んでいる藤兵衛とお花の後ろ姿に目をむけながら、父上は、わたしの懸念も見抜いたのかもしれない、とつぶやいた。

第四章　花の行方

1

「お師匠、横瀬たちの隠れ家が知れました」

木崎が声をひそめて言った。

道場のつづきにある客間だった。彦四郎、永倉、木崎、佐々木、ちさの五人が座していた。朝稽古が終わった後である。門弟たちが帰った後だったので、道場は静かだった。

「場所はどこだ」

永倉が訊いた。

「向島《むこうじま》にある黒田屋《くろだや》の先代が住んでいた隠居所だそうです」

木崎によると、河津与十郎の配下の下目付、久保田弥助《くぼたやすけ》、小菅留次郎《こすげとめじろう》のふたりが、黒田屋を探り、隠居所に横瀬と溝口が身を隠していることをつきとめたという。

「それで、隠れ家には横瀬とだれがいるのだ」

彦四郎が訊いた。

「横瀬と溝口、それに相馬と島村がいるようです」

木崎によると、相馬と島村は藩邸ではなく町宿で暮らしていたが、いまは横瀬たちと隠居所に身をひそめているらしいという。いまも、久保田か小菅が隠居所を見張り、四人の動向をさぐっているとのことだった。

「遣い手が四人か」

相馬と島村は、神道無念流の遣い手と聞いていた。いずれも強敵だった。それが、四人いるとなると、たいへんな戦力である。

「それで、おふたりに助太刀《すけだち》を頼みたいのですが」

木崎が、彦四郎と永倉に目をむけて訊いた。

「うむ……」

彦四郎はすぐに返答できなかった。敵には剣の遣い手が四人もいる。迂闊《うかつ》に仕掛ければ、返り討ちに遭うだろう。

「松浦藩の討っ手は？」

彦四郎が訊いた。当然、松浦藩から討っ手が出るはずである。

「それがしたち三人、それに河津どの、久保田、小菅の三人をくわえ都合六人です。久保田と小菅も腕はたちます」

「六人か」

人数は討っ手の方が多い。だが、横瀬たち四人を討ち取るのはむずかしいだろう。それに、味方の何人かが命を失うかもしれない。

彦四郎が黙考していると、

「何とか、助太刀をお願いできないでしょうか」

木崎が、あらためて訊いた。

すると、ちさと佐々木も、お願いいたします、と言い、彦四郎と永倉に低頭した。木崎たち三人も、横瀬たち四人を討ち取るのはむずかしいとみているようだ。

彦四郎は、四人がそろっていないときに狙う手もあると思い、

「やるしかないな」

と答えると、永倉も表情をひきしめてうなずいた。

向島の隠居所に踏み込むのは、明後日の日暮れ時ということにした。

明日にしなかったのは、彦四郎が仕掛ける前に、自分の目で隠居所を見ておきたいと思ったからである。

その後の相談で、明日のうちに、彦四郎、永倉、佐々木、ちさの四人で、向島に行くことにした。木崎はすでに隠居所を見ていたし、藩邸に出向いて河津たちと手筈を打ち合わせておか

ねばならなかったので、彦四郎たちと同行しないことになったのだ。

翌朝、彦四郎たち四人は、神田川の新シ橋ちかくの桟橋から猪牙舟《ちょきぶね》に乗った。近くにある船宿の持ち舟である。島崎《しまざき》という古顔の門弟が、船宿の女将と懇意にしていて話をつけてくれたのだ。

向島まで歩くとかなりあるが、舟なら楽だった。神田川から大川へ出て川上にむかえば、向島に着けるのである。

船頭は船宿の五作《ごさく》という男だった。五十がらみの大柄な男で、舟の扱いは巧みだった。彦四郎は、明日も舟を出してもらうかもしれないと思い、一分銀を渡すと、五作は恐縮して、近くの桟橋で帰るまで待っている、と言いだした。

彦四郎たちは隠居所を見るだけだったので、帰りも舟を頼むことにした。

五作の漕《こ》ぐ舟は、吾妻《あづま》橋をくぐり、水戸家の下屋敷を右手に見ながら川上にむかった。右手にひろがる地が向島である。

川の岸沿いに桜並木がつづいていた。花の季節を終え、いまは深緑である。この辺りは墨堤《ぼくてい》と呼ばれ、江戸の桜の名所として知られていた。桜並木は八代将軍吉宗が植樹させたといわれている。

「旦那、舟を着けやすぜ」

桜並木の近くまで入ってから、五作が右手にあった桟橋に舟を寄せた。

舟が桟橋に着くと、彦四郎たちは桟橋に下りた。桟橋から土手の小径《こみち》をたどって、川沿いの通りに出た。

道沿いに桜並木がつづき、深緑を茂らせていた。その並木道に、ぽつぽつと人影があった。参詣客《さんけいきゃく》らしい。近くに三囲稲荷《みめぐりいなり》神社《じんじゃ》、長命寺、弘福寺など名の知れた寺社があったのだ。

「こちらです」

先にたった佐々木が、右手の小径を指差した。すでに、佐々木は向島に来て隠居所を見ていたのだ。

小径の先は、雑木林になっていた。松、栗、山紅葉《やまもみじ》などの疎林である。その先には田畑がひろがり、百姓家や屋敷林らしい樹木の集まった場所が点在していた。屋敷林は、富商の隠居所や大身の旗本の別邸などをかこっているようである。この辺りは、隠居所や別邸などが多いことでも知られていた。

「あれが、黒田屋の隠居所です」

佐々木が前方を指差した。

雑木林のとぎれた先に屋敷林があった。屋敷林といっても、板塀の内側に植えられた松や欅などが屋敷をかこっているだけである。

彦四郎たちが雑木林を通り過ぎると、小径沿いの笹藪《ささやぶ》の陰から武士がひとり姿を見せた。

「久保田です」

佐々木が言った。どうやら、久保田は笹藪の陰に身を隠して、隠居所を見張っていたらしい。

久保田は三十がらみ、髭の濃い剽悍《ひょうかん》そうな顔をしていた。

彦四郎や久保田たちが名乗り合った後、

「久保田、なかの様子は？」

と、佐々木が訊いた。

「いま、隠居所にいるのは、横瀬と溝口、それに島村の三人だけです」

久保田によると、一刻（二時間）ほど前、泉谷新兵衛《いずみだにしんべえ》という藩士が隠居所に姿を見せ、相馬を連れて出たそうだ。泉谷は、樋口派のひとりだという。

彦四郎は敵が三人なら仕掛けられると思ったが、そのことは口にせず、

「ともかく、隠居所を見てみるか」

と言った。彦四郎は、隠居所の出入り口や横瀬たちと闘う場所を見ておきたかったのだ。

彦四郎たち四人はその場に久保田を残し、小径沿いの笹藪や雑木の陰などに身を隠しながら隠居所にむかった。

四人は板塀の陰に身を寄せた。隠居所のまわりには、田圃《たんぼ》と雑草の繁茂した空き地がつづいていた。その先には、墨堤の桜並木と川面がひろがっている。眺望のひらけた地を選んで、隠居所を建てたらしい。

隠居所はひっそりとしていた。なかから物音も話し声も聞こえてこなかった。耳にとどくのは、雑木林のなかにいる野鳥の囀《さえず》りと風にそよぐ雑木の葉音だけである。

「出入り口は、表と裏か」

正面に簡素な片開きの木戸門があった。板塀の脇に裏手につづく小径があるので、裏からも出入りできるはずである。

彦四郎は板塀の隙間からなかを覗いてみた。闘いの場はいくらもあった。戸口の前もひろかったし、庭もあった。

……うまく仕掛けないと逃げられるな。

と、彦四郎は思った。

板塀はそれほど高くなく、塀際の松や欅などの枝に飛び付けば、簡単に越えられそうである。

彦四郎たちは板塀沿いをたどり、裏手にある切り戸を目にしてから桟橋にもどった。

2

川面が西陽《にしび》を映じて淡い茜色に染まり、無数の波の起伏を刻んでいた。大川の流れは吾妻橋のはるか彼方《かなた》までつづき、客を乗せた猪牙舟、屋根船、荷を積んだ茶船《ちゃぶね》などが、ゆったりと行き来している。その川面の先には浅草の町がひろがり、家々が夕陽のなかに折り重なるようにつづいていた。

あと、小半刻（三十分）もすれば、暮れ六ツ（午後六時）の鐘が鳴るだろう。風のない静かな雀色時《すずめいろどき》である。

彦四郎、永倉、ちさ、木崎の四人は、墨堤の桜並木を歩いていた。これから、黒田屋の隠居所に向かうのである。

彦四郎と永倉は、小袖に野袴《のばかま》だった。ちさと木崎は、たっつけ袴を穿いている。いずれも、闘いにそなえた装束である。

「相馬はもどらなかったようだ」

歩きながら、木崎が言った。

「すると、隠居所にいるのは、三人だな」

横瀬、溝口、島村の三人である。

「横瀬と溝口を討ち取れば、ご家老の命を狙うのもあきらめるはずだ」

木崎は、国許からの刺客の三人さえ討ち取れば、江戸家老の森野の暗殺はあきらめるとみていた。江戸にいる樋口の配下が直接森野を襲えば、樋口が裏で糸を引いていることが明白になってしまう。そうなれば、江戸家老の座どころか、樋口に厳罰が下されることはまちがいないという。

彦四郎たちは大川沿いの道から右手の小径に入り、雑木林を通り抜けた。

小径沿いの笹藪の陰から、佐々木が姿を見せた。

「河津どのたちは」

木崎が訊いた。

「あそこに」

佐々木が笹藪の陰を指差した。

見ると、路地から離れた笹藪の陰に三人の人影があった。久保田と小菅、それに河津である。三人とも、小袖にたっつけ袴だった。先に来て、彦四郎たちを待っていたらしい。

「なかの様子は？」

木崎が、河津たちに目をやって訊いた。

「変わりない。いるのは、三人らしい」

河津が、横瀬、溝口、島村の名を口にした。

「奉公人はいないのか」

彦四郎が訊いた。

「日中は女中と下働きの年寄りがいるようだが、いまは年寄りだけらしい」

河津によると、久保田たちが近所で聞き込んで分かったという。それによると、女中は通いで、陽が沈む前に隠居所を出るそうだ。一方、下働きの老爺《ろうや》は、屋敷の裏手の奉公人部屋に住んでいるらしい。

「年寄りはどうする」

女中は帰ったかもしれないが、老爺はいるようだ。

「逃がしてもいいだろう」

河津が言った。

それから、八人は襲撃の手筈を相談した。表の木戸門から彦四郎、永倉、木崎、ちさ、佐々木の五人が踏み込み、河津、久保田、小菅の三人が裏手からということになった。

「そろそろだな」

彦四郎は東の空に目をやった。

陽は大川の先の浅草の家並の向こうに沈んでいた。西の空に残照がひろがっている。まだ上空は明るかったが、笹藪の陰には淡い夕闇が忍び寄っている。

「まいろう」

河津が言った。

彦四郎たち八人は、足早に隠居所に向かい、板塀のそばまで来て二手に分かれた。彦四郎たちは正面の木戸門にむかい、河津たちは塀をたどって裏手にむかった。

木戸門はすぐにあいた。簡素な片開きの門で出入りは自由らしい。

隠居所は思ったより大きな家だった。平屋だが、台所の他に四、五間はありそうだった。裏手には土蔵や納屋もある。

彦四郎たち五人は足音を忍ばせて、正面の戸口にむかった。引き戸になっていたが、一尺ほどあいたままになっていた。

戸の間から見ると、敷居につづいて土間があり、その先が板敷きの間になっていた。障子はなく、がらんとしている。その奥に、襖がたててあった。

足音を忍ばせて土間に入ると、襖の向こうでくぐもった話し声が聞こえた。男の声である。どうやら、襖の先の座敷に横瀬たちがいるようだ。

彦四郎が左手を刀の鍔元《つばもと》に添えて、鯉口《こいぐち》を切ったとき、

「千坂さま――」

と、ちさが声をひそめて言った。

ちさは、彦四郎のすぐ後ろに立っていた。彦四郎にむけられた目に刺すようなひかりが宿っている。ちさは激しい闘気を身に秘めているようだ。おそらく、横瀬か溝口かを己の手で討つ気でいるのだろう。

ただ、彦四郎はちさが千坂さまと呼んだことで、闘いを前にして道場主と門弟の立場とはちがう目で彦四郎を見ていることに気付いた。そこに、ふたりのちさがいた。女のちさと剣士としてのちさである。ちさの心も、闘いを前にして揺れているのだろう。

「助太刀しよう」

彦四郎は剣士としてのちさに言った。いまは、ひとりの剣客としてこの場に臨んでいたので

ある。

「はい」

ちさが、彦四郎を見つめたまま応えた。

彦四郎が抜刀した。つづいて、ちさが小脇差を抜き、永倉たちも抜刀した。

「だれか、いるのか！」

ふいに、襖の向こうで胴間声《どうまごえ》が聞こえた。座敷にいる横瀬たちが、刀を抜くかすかな物音を耳にしたのかもしれない。

彦四郎たちは、無言のまま座敷に上がった。

すると、襖の向こうで複数の者が立ち上がる気配がし、ガラリ、と襖があいた。

姿を見せたのは、溝口と赤ら顔の男だった。島村のようだ。もうひとり、溝口の背後に立っている男がいた。顔は見えなかったが、横瀬であろう。

座敷には貧乏徳利《びんぼうどくり》、小鉢、湯飲みなどが置いてあった。三人で、酒盛りでもしていたようだ。

「千坂道場の者たちだ！」

溝口が叫んだ。

彦四郎とちさが、すばやい動きで溝口たちに迫った。永倉、木崎、佐々木がつづく。

「外へ逃げろ！」

溝口の背後にいた横瀬が叫び、すぐに右手へ走った。俊敏な動きである。

溝口と島村は後じさった後、反転して横瀬の後を追った。三人とも、屋外へ逃げるつもりらしい。おそらく、横飛燕は刀身を横と縦に大きくふるうので、狭い家のなかでは遣いづらいのだろう。

ガチャ、ガチャと瀬戸物の割れる音がした。座敷にあった貧乏徳利や湯飲み、小鉢などが転がり、ぶつかり合って割れた破片が座敷に飛び散った。溝口と島村が逃げながら蹴飛《けと》ばしたのだ。

「逃げるか！」

彦四郎が溝口に追いすがりざま、その背に斬撃を浴びせた。

ザクッ、と溝口の小袖が袈裟に裂けた。だが、切っ先は肌までとどかなかった。着物を裂いただけである。

溝口と島村は廊下に飛び出した。

廊下の先の右手が庭になっていた。すでに、先に逃げた横瀬は庭に面した廊下まで逃げている。

廊下の奥に人影が見えた。裏手から入った河津たち三人だった。こちらに小走りにむかってくる。

「庭に逃げろ！」

叫びざま、横瀬が庭に跳んだ。

動きが敏捷《びんしょう》だった。野獣を思わせるような動きである。横瀬につづいて、島村と溝口も庭に飛び下りた。

「逃がさぬ！」

彦四郎も、廊下から庭へ跳んだ。

3

溝口と島村は板塀のそばまで逃げてきたが、ふいに足をとめてきびすを返した。背後に彦四郎とちさが迫り、塀に飛び付いて越える間がなかったのである。

一方、横瀬は裏手にむかって塀沿いを走った。逃げ場を探しているらしい。横瀬の後を河津たち三人と木崎が追っていく。

「溝口藤之助、兄の敵！」

ちさが甲走った声を上げ、溝口と相対して小脇差を構えた。

彦四郎はすばやく溝口の左手にまわり込み、八相に構えた。斬り込む体勢をとっている。ちさがあやういとみれば、溝口に斬撃をあびせるつもりだった。

「返り討ちにしてくれるわ！」

溝口が目尻をつり上げ、吼《ほ》えるような声で叫んだ。

溝口は八相に構えてから両肘を下げ、切っ先を右手にむけて刀身を寝かせた。横飛燕の構えである。

……こやつ、できる！

と、彦四郎はみてとった。

構えに隙がなかった。しかも、いまにも飛びかかってくるような迫力がある。ただ、気が昂っているらしく両肩に凝《こ》りがあり、切っ先がかすかに震えていた。緊張で筋肉が硬くなっているのである。

ちさは溝口を見すえ、右手を前に突き出すように小脇差を構えていた。その切っ先は、溝口の喉元につけられている。

ちさの構えには隙がなかった。臆した様子もなく、全身に闘気がみなぎっている。ただ、間合がすこし遠かった。ちさの小脇差が溝口の体にとどくまでには、何歩も踏み込まねばならない。

……ちさが、後れをとるかもしれない。

と、彦四郎はみた。

小笠原より溝口の方が遣い手のようである。それに、小笠原とは狭い部屋のなかで闘ったため、場所としては小太刀に利があった。だが、この場は刀を自在にふるえるひろさがある。

……助太刀するしかない。

と思い、彦四郎は溝口との間合をつめた。

溝口が先に動いた。足元で、ザッ、ザッと音がした。溝口は爪先で雑草を分けながら間合をつめていく。

溝口が一足一刀の間境に迫り、全身に斬撃の気が満ちてきた。いまにも、斬り込んでいきそうである。

とそのとき、彦四郎が一歩踏み込み、ヤッ！　と短い気合を発し、するどい剣気をはなった。斬り込む気配を溝口に見せ、気を散らそうとしたのである。

瞬間、溝口の全身に斬撃の気がはしった。彦四郎が斬り込んでくる前に仕掛けようとしたらしい。

シャアッ！

鋭い気合を発し、溝口が刀身を横に払った。

刃光が横一文字にはしった。

だが、ちさとの間がすこし遠かった。迅さも、本来の横飛燕のものではない。彦四郎のはなった剣気を意識して、初太刀が乱れたのだ。

溝口が刀身を振り上げようとした瞬間、ふたたび彦四郎が仕掛けた。一歩踏み込みながら刀身を横に払ったのである。

その切っ先が、溝口の左の肩先をかすめた。

一瞬、溝口の視線が左手にいる彦四郎に流れ、刀を振り上げたまま動きがとまった。

刹那、ちさが溝口の懐に飛び込んだ。手繰打のすばやい寄り身である。

溝口は刀を振りかぶったまま、斬り下ろすことができなかった。

ヤッ！

ちさが鋭い気合を発しざま、溝口の胸に小脇差を突き刺した。一瞬の動きである。

「お、おのれ！」

叫びざま、溝口が後ろへ跳んだ。体全体で、飛び跳ねるような動きを見せた。横飛燕の身のこなしであろう。

しかも、溝口は後ろへ跳びざま、刀身を横に払ったのだ。

アッ、と声を上げ、ちさが棒立ちになった。手にした小脇差が溝口の胸から抜け、足元に落ちている。

ちさの右の前腕から血が流れ出た。咄嗟に払った溝口の切っ先を浴びたらしい。

溝口は後ろに跳んだが、その場に立ったままだった。唸るような声を上げ、左手で胸を押さえていた。その指の間から、血が赤い筋を引いて流れ落ちている。

ちさの小脇差の切っ先は、溝口の心ノ臓に達していたにちがいない。溝口の顔は土気色《つちけいろ》をし、ひき攣《つ》ったようにゆがんでいる。

溝口が何か言いかけ、前に踏み出そうとしたとき、大きく体が揺れて腰からくずれるように転倒した。

「ちさどの！」

彦四郎が駆け寄った。

「か、かすり傷です」

ちさが声を震わせて言った。声の震えは、傷の痛みではなく気が異様に昂っているせいらしい。

「傷を見せてみろ」

彦四郎はちさの右手をとって傷口を見た。

前腕に三寸ほどの傷があり、血が流れ出ていた。白い腕を、赤い布でつつんでいくように血がひろがっていく。

「縛っておこう」

彦四郎は懐から手ぬぐいを取り出した。こんなときのために、用意してきたのである。

彦四郎が手ぬぐいをちさの右腕に巻き始めると、

「千坂さま……」

ちさがかすれ声で言い、彦四郎を見つめたまま左手で彦四郎の肩先をつかんだ。その目が切なそうなひかりを帯び、肩先をつかんだ手が震えている。いま、ちさは剣士から女に変わっていた。ちさの胸に、彦四郎に対する恋慕《おもい》が迸《ほとばし》るように衝き上げてきたにちがいない。

彦四郎はちさを抱き締めたい衝動に駆られたが、無言でちさの腕に手ぬぐいを巻いた。かすかに彦四郎の手が震えている。彦四郎は、ちさを抱いたら断崖から飛び下りるようにすべてを捨てねばならないと頭のどこかで感じていた。彦四郎は胸に衝き上げてきた衝動に耐え、手ぬぐいの端を切り裂いて縛った。手ぬぐいに血が染み、真っ赤な花がひらいていくように丸くひろがってくる。

そのとき、永倉が歩み寄り、

「千坂！　島村を斬ったぞ」

と、声を上げた。佐々木と木崎も小走りに近寄ってきた。どうやら、永倉たちが島村を討ち取ったらしい。

「ちさどのが溝口を斬ったが、手傷を負ったのだ」

そう言って、彦四郎は立ち上がった。

永倉たちの出現で、彦四郎の胸の思いは消えさった。

「かすり傷です」

ちさも立ち上がり、振り向いて永倉たちに目をむけた。その顔には剣士らしいひきしまった表情があった。ちさも女の思いを捨てたらしい。

いっときして、裏手にまわっていた河津たちも姿を見せたが、うかぬ顔をしていた。河津によると、横瀬を討ち取ることはできなかったという。

横瀬は河津たちの一瞬の隙をついて塀の外に伸びていた欅の枝に飛び付き、塀を越えて逃れたという。

「溝口と島村を討ち取ったのだ。よしとせねばなるまい」

永倉がもっともらしい顔をして言った。

4

道場内は薄闇につつまれていた。まだ、七ツ半（午後五時）ごろだったが、曇天のせいか、夕暮れ時のように薄暗かった。

彦四郎と永倉、それに川田たち数人の門弟が木刀を振っていた。午後の稽古の後、居残って稽古をしていた者たちが仕上げのつもりで木刀の素振りをしていたのである。

道場内に、ちさや木崎たち松浦藩士の姿はなかった。ちさや木崎たちは、まだ午後の稽古には来ていなかったのだ。隠居所で溝口を討ち取ったが、横瀬は市中に潜伏していたし、相馬や泉谷も残っていたので待ち伏せされるのを警戒したのである。

彦四郎は鋭い気合を発しながら木刀を振っていた。いつもより、気魄がこもっている。

彦四郎は、己の胸の内にあるちさに対する思いを稽古に没頭することで断ち切ろうとしていた。剣の修行は刀法を会得するだけではない。己の心を強くして、邪念や妄念をとりのぞくことも修行のうちである。

永倉が熱心に木刀の素振りをつづけている彦四郎を見て、木刀を手にしたまま近寄ってきた。

「どうした、いやに熱が入っているではないか」

永倉が、彦四郎の顔を覗くように見て訊いた。

彦四郎は素振りをやめて、額に浮いた汗を手の甲でぬぐいながら、

「いや、横飛燕のことが気になってな」

と、言った。ちさのことが気になっているとは言えなかったのだ。

「いつか、横瀬と立ち合うことになろうな」

永倉が低い声で言った。

「すぐかもしれんぞ」

「うかうかしてはおれんというわけか」

そう言って、永倉が表情をひきしめた。

「まァ、慌てて素振りを始めても、どうにもならないがな」

どうやら、永倉は彦四郎が口にしたことを信じたようである。

「だが、やらないよりましだろう」

「そうだな」

「おれも、気合を入れてやるか」

そう言うと、永倉は彦四郎からすこし離れ、ヤッ！　ヤッ！　と鋭い気合を発して、木刀を

振りだした。

永倉と並び、あらためて彦四郎が木刀の素振りを始めたときだった。

師範座所の脇の出入り口から、里美が道場に入ってきた。慌てているような足取りである。

何人かの門弟が里美の姿に気付いて、振っていた木刀を下ろした。

彦四郎は素振りをやめた門弟たちに気付いて目をやった。里美が足早に近付いてくる。何かあったらしく、顔がこわばっていた。

彦四郎はすぐに里美に近付き、

「里美、どうした」

と、訊いた。

「花の姿が見えないんです」

里美が心配そうな顔をして言った。

「花の姿が見えないだと――」

彦四郎が聞き返した。

「はい、昼餉の後、ひとりで庭に出て木刀を振っていたのですが……」

里美によると、その後、お花の姿を見かけないという。

「外に遊びに行ったのではないか」

ちかごろ、お花は物売りなどの声が聞こえると、道場の外の路地に出て見ていたり、道場のまわりで近所の同じ年頃の子供と遊ぶこともあった。

「道場の近くは、探してみました。……ど、どこにも、花の姿がないんです」

里美の顔は蒼《あお》ざめていた。声が震えを帯びている。里美が、これほど心配そうな顔をするのはめずらしいことだった。

「ともかく、近所を探してみよう」

彦四郎が立ち上がると、いつの間に集まったのか、永倉をはじめ居残りで稽古をしていた門弟たちが、自分たちも探してみると言い出した。

「頼む。それほど、遠くには行かないはずだ。近所を探してみてくれ」

と、彦四郎は頼んだ。

お花が、家の外で遊び惚《ほう》けているとは思えなかった。堀にでも落ちて出られなくなっているかもしれないし、近所の路地で迷子になっているかもしれない。

彦四郎と里美が道場から出ると、永倉をはじめとする門弟たちは道場の前の路地に出て、左右に分かれた。

彦四郎と里美は、道場と母屋のまわりを探した。隣家との間の板塀の陰や空き地の笹藪、裏手の掘割の周辺などくまなく探したが、お花は見つからなかった。顔を合わせた近所の者や通りすがりの者に、お花らしい女児《おんなのこ》を見なかったか訊いたが、見かけた者はいなかった。

永倉をはじめとする門弟たちは、お花を探しながら路地を歩き、近所の者や通りすがりの者にお花のことを訊いてまわったが、やはり行方は分からなかった。

やがて、町筋は夕闇につつまれ、通り沿いの店屋も表戸をしめてしまった。物陰や掘割は深い闇につつまれ、お花を探すこともできなくなった。

彦四郎は道場に集まった門弟に、

「今日のところは、これで引き取ってくれ」

と言って、家に帰した。暗くなっても帰らなければ、門弟たちの家の者も心配して道場に様子を見に来るかもしれない。

ただ、永倉だけは帰らなかった。門弟たちが帰った後、

「道場と家のまわりだけでも、もう一度探してみよう」

と言いだし、彦四郎と里美と三人で、提灯を手にして探すことになった。

彦四郎たちは夜が更けるまで探したが、お花は見つからなかった。

ただごとではない。お花の身に何か起こったようだ。

……花、どこにいる！

彦四郎は、頭から冷水を浴びせられたような気がした。同時に、強い不安と恐れが胸に衝き上げてきた。

里美も、彦四郎以上に強い不安と恐れをいだいているようだった。

「おれは、今夜、道場にとめてもらう」

永倉はそう言って、道場にとどまった。

里美は彦四郎と永倉のために茶漬けを作った。道場に座して三人で茶漬けを食ったが、彦四郎も里美も、ほとんど箸を動かさなかった。お花のことが心配で、茶漬けも喉を通らなかったのである。

深夜になって、彦四郎と里美は母屋にもどり、永倉は客間で寝ることになった。

里美は母屋にもどり、居間の行灯に火を点けると、力尽きたように行灯の前にへたり込んでしまった。

「……は、花、どこにいるの。花、どこにいるの。花……」

里美は両手で顔をおおい、くりかえしつぶやいている。肩先が小刻みに震え、ときおり喉元から衝き上げてくるような嗚咽《おえつ》が聞こえた。

「里美……」

彦四郎は里美の前に両膝を突き、両手で里美の肩をつかむと、

「花は、死んだわけではない。きっと、近くにいる」

と、自分にも訴えるように言った。

「……人攫《ひとさら》いかもしれない」

里美が不安そうに声を震わせて言った。

「人攫いなら、どこまでも追いかけていって、かならず連れもどす」

彦四郎は、どんなことがあってもお花を家に連れもどすつもりだった。

「彦四郎さま……」

里美が耐えられなくなったように、額を彦四郎の胸に押しつけてきた。喉から、嗚咽とも悲鳴ともつかない喘鳴《ぜんめい》が洩れている。

彦四郎は里美の肩に手をまわして、強く抱き締めると、

……花は、おれの子だ！　里美は、おれの妻だ！

と、胸の内で叫んだ。

5

忽然《こつぜん》とお花の姿が消えて、三日経った。

お花がいなくなったことを聞いた藤兵衛と由江も千坂道場に駆けつけ、彦四郎や里美とともに近所をまわって探したが、お花の行方は分からなかった。

ただ、近所の下駄屋の吉造《よしぞう》という親爺《おやじ》が、お花がいなくなった日に、

「お花ちゃんらしい女児が、お侍と話しているのを見かけましたよ」

と、口にした。その侍は羽織袴姿で二刀を帯び、御家人か江戸勤番の藩士らしかったという。

それを聞いた彦四郎は、松浦藩とかかわりのある者かもしれない、と思ったが、はっきりし

なかった。それに、話をしていただけでは、その侍がお花を連れ去ったかどうかも分からない。

だが、四日目の朝、何者が何のためにお花を連れ去ったか、はっきりした。

道場の戸口に投げ文があったのである。

――娘御《むすめご》は、あずかった。娘御の命が惜しくば、われらへの手出し無用のこと。天羽――

とだけ、記してあった。

彦四郎は、すべてを察知した。

お花を攫ったのは、横瀬である。吉造が見かけた侍も、横瀬にちがいない。横瀬は、彦四郎たち千坂道場の者の動きを封じるために、お花を人質にとったのだ。

彦四郎は思い当たることがあった。笹倉が新シ橋の近くで横瀬たちに打擲されたとき、彦四郎の家族のことを訊かれたと話していた。そのときから、横瀬の頭のなかには、お花を人質にとることがあったのかもしれない。

……卑怯《ひきよう》な！　幼子を人質にとるとは――。

彦四郎は横瀬に対して強い怒りを覚えたが、どうにもならなかった。

その日、母屋の居間に、彦四郎、里美、藤兵衛、由江の四人が集まった。いずれの顔にも、不安と苦悶の表情があった。

「花は、天羽流の者に攫われたようだな」

藤兵衛が、投げ文に目をやりながら言った。藤兵衛も、松浦藩と千坂道場のかかわりは知っていたのだ。

「は、花は、生きているのですね」

里美が、声を震わせて言った。

「生きている。殺してしまっては、人質にならないからな。横瀬たちは、花をどこかに監禁しているにちがいない」

彦四郎が虚空を睨むように見すえて言った。

「彦四郎の言うとおりだ。花は、どこかに閉じ込められているはずだ」

つづいて、藤兵衛が言った。

次に口をひらく者がなく、座敷は重苦しい沈黙につつまれた。

「ともかく、花の監禁場所をつきとめねばならぬ」

藤兵衛が言った。

「すぐにも、木崎たちに話し、松浦藩とかかわりのある家屋敷を探ってみます」

そう言うと、彦四郎は立ち上がろうとして腰を浮かした。

「待て、彦四郎」

藤兵衛がとめた。

「彦四郎は動かぬ方がよい。横瀬たちは、花が人質として役にたたぬとみれば、始末するかもしれんぞ」

「…………！」

彦四郎は、腰を沈めて座りなおした。顔がこわばっている。彦四郎は藤兵衛の言うとおりだと思った。迂闊に動けば、お花の命はないだろう。

「と、藤兵衛どの、どうすればいいんです」

由江が、困惑したような顔をして訊いた。声が震えている。由江はひとりで華村を切り盛りしてきた女将だが、こうした経験はなかったのだ。

「わしが花を探す。わしなら、どう動いても、横瀬たちには分かるまい。まず、坂口に相談してみよう」

坂口主水は、北町奉行所のやり手の臨時廻り同心だった。坂口は若いころ、藤兵衛が道場主だった千坂道場の門弟で、藤兵衛とは師弟の関係にあった。しかも、坂口の嫡男の綾之助は、いま千坂道場の門弟だったので、そのつながりは強いのだ。

「坂口どのなら、頼りになります」

彦四郎も、坂口がそうした探索に長《た》けていることを知っていた。

「弥八《やはち》と佐太郎《さたろう》にも、頼もう」

ふたりは、岡っ引きだった。藤兵衛は坂口を通して弥八と知り合い、これまで千坂道場の門弟がかかわった事件のおり、弥八の手を借りて下手人をつきとめたり、隠れ家を探してもらったりした。

佐太郎は、しゃぼん玉売りだった。どういうわけか、剣術好きで千坂道場に入門し、しばらく門弟として通っていた。佐太郎は道場の門弟がかかわった事件の探索を通して弥八と知り合い、しばらく弥八の下っ引きをしていたが、坂口に認められて手札をもらい、岡っ引きになったのである。

ちかごろ、佐太郎は岡っ引き稼業がいそがしいのか、ほとんど道場に姿を見せなくなったが、いまでも門弟のひとりである。

「里美、気をしっかり持て。わしと彦四郎とで、かならず花を助け出す」

藤兵衛が里美を力付けるように言った。

「は、はい……」

里美は、立ち上がった父の顔と座している彦四郎に目をむけた。憔悴《しょうすい》し、こわばった顔がわずかにやわらいだように見えた。

藤兵衛と由江が母屋を出ると、彦四郎は道場に足をむけた。すでに、朝稽古は終わっていたが、永倉が残っているはずだった。

永倉は投げ文のことを知っていたので、今後どうするか彦四郎と相談するつもりでいるだろう。

道場には、永倉のほかにちさと木崎の姿もあった。三人とも顔に憂慮の翳《かげ》を浮かべて、道場の床に座していた。彦四郎が来るのを待っていたようだ。

「お師匠、おれたちにできることがあれば、何でもするぞ」

永倉が語気を強めて言った。

永倉は投げ文から、お花を攫ったのは横瀬だと知っていた。

「お師匠、お嬢さんが攫われたのは、われらの責任です。どんなことをしても、助け出す覚悟です」

木崎が言うと、ちさは、

「もうしわけございません。お嬢さんは、私の命に替えてでもとりもどします」

と、深々と頭を下げて言った。

「すまぬ。……だが、おれたちは動けないのだ」

彦四郎は、お花は人質にとられており、千坂道場の者が動けば、お花の命があぶないことを話した。

「卑怯な！　武士の風上にもおけぬやつだ。幼子を人質にとるとは――」

永倉が怒りに顔を染めて言った。

「しばらく、おとなしくしているしかない」

そう言って、彦四郎は膝先に視線を落とした。

永倉たち三人も口を閉じ、道場内は静寂につつまれたが、

「お師匠、河津どのに横瀬を探すという名目で動いてもらいます」

木崎が顔を上げて言った。

「河津どのたちが探索にあたっても、横瀬たちがお嬢さんに手を出すことはないはずです。久保田と小菅の他に下目付の者を何人か使って、藩や黒田屋とつながりのある家屋敷を探れば、お嬢さんの監禁先が分かるかもしれません」

「頼む」

彦四郎も、河津なら横瀬を探すために動いても、お花に手を出すことはないとみた。

「では、すぐに河津どのに話します」

木崎が腰を上げると、ちさも立ち上がった。

6

「そろそろ来るころだな」

藤兵衛は、八丁堀、南茅場町《みなみかやばちょう》にある大番屋《おおばんや》近くの路傍に立っていた。坂口が通りかかるのを待っていたのである。

坂口の住む町奉行所同心の組屋敷は八丁堀に集まり、いま藤兵衛が立っている道の南側にひろがっていた。坂口は市中巡視から組屋敷に帰るとき、藤兵衛のいる道を通ることが多いのだ。

七ツ（午後四時）を過ぎていた。陽は西の空にまわっている。坂口は市中巡視に出ると、手間のかかる事件がなければ、七ツごろに八丁堀に帰ると聞いていた。

それからいっときし、楓川《かえでがわ》にかかる海賊橋《かいぞくばし》を渡ってこちらに歩いてくる、八丁堀同心の姿が見えた。手先らしい男をふたり連れている。遠方で顔ははっきりしなかったが、坂口らしい。

八丁堀同心は小袖を着流し、黒羽織の裾を帯に挟む巻き羽織と呼ばれる独特の格好をしていたので、遠目にもそれと分かるのだ。

やはり、坂口だった。連れている手先は、六助《ろくすけ》という小者《こもの》と年配の音次《おとじ》という岡っ引きだった。藤兵衛は六助も音次も知っていた。坂口といっしょにいることの多いふたりと、何度か顔を合わせたことがあったのである。

坂口は立っている藤兵衛に気付くと、足早に近付いてきて、

「これは、お師匠、お久し振りでございます」

と言って、目を細めた。

坂口は四十がらみ、千坂道場を去って久しいが、いまでも門人だったときのように藤兵衛のことをお師匠と呼ぶ。

探索で歩きまわっているせいであろう。坂口は陽に灼けて浅黒い肌をし、鋭い目をしていた。やり手の町同心らしい精悍な顔付きである。

「屋敷に帰るところかな」

藤兵衛が訊いた。

「そうですが……。どうです、家へ寄ってお茶でも。綾之助もいるはずです」

「ちと、話があってな。歩きながらでいいのだ。すこし、遠まわりになるが、河岸《かし》通りでも歩かんか」

近くに亀島川《かめじまがわ》が流れていた。藤兵衛は亀島川の河岸を歩きながら、話そうと思った。川風が心地《ここち》好《よ》いはずである。

「そうしますか」

坂口が亀島川の方へ足をむけると、

「旦那、あっしらは先にお屋敷へ行っていやす」

と音次が言い、六助とふたりで右手の路地に入った。気を利かせて、藤兵衛と坂口をふたりだけにしたらしい。

亀島川の河岸には、ちらほら人影があった。印半纏《しるしばんてん》を羽織った奉公人、丼《どんぶり》（腹がけの前隠し）に股引《ももひき》姿の船頭、褌《ふんどし》ひとつの人足などが目につく。この辺りには船問屋や大店の廻船問屋があり、船荷を扱う船頭や荷揚げ人足などが多かった。

「花が、攫われたらしいのだ」

藤兵衛が切り出した。

「若師匠の娘御の――」

思わず、坂口が足をとめて訊いた。坂口は彦四郎のことを若師匠と呼んでいる。

「そうだ」

藤兵衛も足をとめた。

「人攫いですか」

「いや、ちがう。花を連れ去った者は分かっているのだ。横瀬又三郎という陸奥国松浦藩の者だ」

「また、どういうわけで、大名家の家臣が若師匠の娘御を連れ去ったのです」

坂口が驚いたような顔をして訊いた。

「道場の門弟に、松浦藩の家臣がいてな。その者たちが、藩の内紛にかかわっているらしい」

藤兵衛はゆっくりした足取りで歩きながら、これまでの経緯をかいつまんで話し、

「なんとしても、花をとりもどしたいのだ」

と、言い添えた。

「お師匠、わたしにできることは何でもしますよ」

坂口が、藤兵衛に目をむけて言った。

「頼む」

「それで、若師匠の娘御を探す手掛かりはないですかね」

坂口が訊いた。

「手掛かりになるかどうか分からぬが、材木問屋の黒田屋が横瀬たちに肩入れしているらしいのだ」

藤兵衛は、横瀬たちが向島にある黒田屋の隠居所に身をひそめていて、彦四郎たちが襲ったことを話した。

「黒田屋というと、佐賀町にある店ですか」

「そうだ」

黒田屋は深川佐賀町の大川端にあった。

「黒田屋の隠居所に、監禁されているのでは――」

坂口が藤兵衛に顔をむけて訊いた。

「ないはずだ。すでに、隠居所のことは、彦四郎だけでなく松浦藩の目付筋の者たちもつかんでいるからな」

「いずれにしろ、黒田屋から探ってみますか」

坂口が低い声で言った。亀島川の川面にむけられた双眸が、うすくひかっている。腕利きの町同心らしいひきしまった顔である。

「弥八と佐太郎にも頼みたいのだが、わしから話してもかまわんかな」

藤兵衛は、坂口の承諾を得てからふたりに探索を頼もうと思っていたのだ。

「いいですよ。ふたりとも、いま手がすいているはずですから使ってください」

坂口が言った。

翌日、藤兵衛は日本橋十軒店本石町《じっけんだなほんこくちょう》に足をむけた。十軒店という町名は、商家が十軒あったからだといわれている。

十軒店本石町は雛市《ひないち》が立つことで有名で、通り沿いには人形店や小屋がけの仮店などが並んでいた。ただ、いまは四月（旧暦）の末で、雛祭りは終わっていた。人形店や仮店に並んでいるのは、端午《たんご》の節句にあわせた武者人形ばかりである。

弥八は十軒店本石町の通りにいるはずだった。岡っ引きとしての仕事がないときは、人形店の隅で甘酒か冷や水を売っている。

……あれが、弥八だ。

武者人形を並べている人形店の脇に、弥八らしい男がいた。

冷や水を売っているらしい。弥八の前には冷水の入った桶と、茶碗や白玉を入れる簡単な屋台が置いてあった。ふだんは甘酒を売っているが、夏場は冷や水を売っているのである。

冷たい水に砂糖、白玉などを入れて一杯四文。白玉や砂糖を多く入れると、六文か七文になる。

弥八は通りかかる子供や若い衆《し》などに、

「ひゃっこい、ひゃっこいよ」

と、声をかけている。

藤兵衛が弥八に近付くと、

「おや、旦那、あっしに用ですかい」

と、弥八が驚いたような顔をして訊いた。

弥八は三十代半ば、小柄で陽に灼けた浅黒い肌をしていた。面長《おもなが》で目が細く、狐《きつね》のような顔である。

「弥八に頼みがあってな」

「こみ入った話ですかい」

弥八が小声で訊いた。岡っ引きとしての弥八に用があるのか訊いたのである。

「まァ、そうだ」

「その人形屋の脇へ行きやすか」

そう言って、弥八は斜向《はすむ》かいにある人形屋を指差し、商売用の桶と屋台を天秤《てんびん》で担ぎ上げた。

弥八が藤兵衛を連れていったのは、人形屋の脇の細い路地だった。人影のない薄暗い裏路地である。

弥八は天秤を路地の隅に置くと、「ここなら、だれにも聞かれねえ」と小声で言った。

「花が、攫われたのだ」

すぐに、藤兵衛が切り出した。

「お花ちゃんというと、若師匠の娘さんですかい」

弥八が驚いたような顔をした。

「そうだ」

「人攫いに連れていかれたんで――」

「そうではない。連れ去った者の名も身分も分かっているのだ」

藤兵衛は、横瀬又三郎の名を口にした後、坂口に話したようにこれまでの子細を弥八に伝えた。

「そんなことがあったんですかい」

「それでな。弥八に、花の居所を探してほしいのだ」

「ですが、旦那、あっしは坂口の旦那のお指図がねえと――」

弥八が困ったような顔をした。勝手に探索にあたれないということなのだろう。

「むろん、坂口にも話してある」

「そういうことなら、世話になっている旦那のお孫さんのことだ。すぐに、聞き込みにあたりやすぜ」

「すまぬ」

藤兵衛は懐から財布を取り出し、一分銀を二枚つまみだした。ただで、探索を頼むわけにはいかなかった。とうぶんの間、弥八は冷や水売りをやめて探索にあたるはずである。

「いただきやす」

弥八は遠慮せずに一分銀を手にし、巾着《きんちゃく》にしまった。

「それで、佐太郎はどうしやす」

弥八が訊いた。

「佐太郎にも頼みたいが、弥八から話してくれんか」

「承知しやした」

弥八は、「それじゃァ、あっしはこれで」と言い残し、天秤を担いで路地から賑やかな通りに出ていった。

藤兵衛も路地から表通りに出た。藤兵衛は行き交う人波のなかに母親に連れられた女児の姿を目にし、お花の顔を思い浮かべた。はたして、お花は無事だろうか。男たちに虐待され、泣きじゃくっているのではあるまいか。

……花、無事でいろよ。爺々《じじ》がかならず助けてやるからな。

藤兵衛は、胸の内に浮かんだお花に声をかけた。お花は藤兵衛のことを爺々とか爺々さまと呼んでいたのである。

第五章　監禁

1

弥八と佐太郎は、大川端を歩いていた。そこは、深川佐賀町である。黒田屋を探りに来たのである。

風のない静かな晴天だった。大川の滔々《とうとう》とした流れが永代《えいたい》橋の彼方までつづき、江戸湊《みなと》の海原と空とが一体になり、青一色に染まっていた。大型廻船の白い帆が青い海原にくっきりと浮かび上がり、ゆっくりと航行していく。その海原の先には、高輪《たかなわ》や品川の陸地が霞《かす》んで見えている。

「親分、お花ちゃんが攫われちまって、若師匠や里美さまは、ご心配なさってるでしょうね」

歩きながら佐太郎が言った。

佐太郎は弥八の下っ引きをしていたこともあって、弥八のことを親分と呼んでいた。

佐太郎は二十代半ば、小太りで短軀《たんく》。赤ら顔で、子供を思わせるような丸い目をしていた。愛嬌のある顔である。

佐太郎はしゃぼん玉売りをしていたころ、口上《こうじょう》を述べながら町筋を売り歩いていた。そのせいなのか、いまでもおしゃべりで凝《じっ》としていることが嫌いだった。

「そうだな。千坂の旦那も、心配してたぜ」

千坂の旦那とは、藤兵衛のことである。

「お師匠も、お花ちゃんを目に入れても痛くねえほど可愛がっていやしたからね」

佐太郎は藤兵衛が道場主だったころ入門し、彦四郎が道場を継ぐころはあまり稽古に行っていなかったので、いまでも藤兵衛のことをお師匠と呼んでいる。

「何とか、お孫さんの居所をつきとめねえとな」

「親分、やりやしょう」

佐太郎が丸い目を瞠《みひら》いて言った。

「おれはな、舟か駕籠を使ったんじゃァねえかとみてるんだ」

歩きながら、弥八が言った。

七つの女児とはいえ、人目のある町筋を武士がひとりで連れ去るのは無理である。いやでも、人目につく。何人かで駕籠で運ぶか、千坂道場からそれほど遠くない神田川にある桟橋に舟をとめておいて乗せて連れていくかである。

弥八がそのことを話すと、

「さすが、親分だ。あっしも、駕籠か舟を使ったような気がしやすぜ」

佐太郎が調子よく話を合わせた。

「駕籠にしろ、舟にしろ、町人も手を貸してるんじゃァねえかな」

駕籠なら駕籠かきが必要だし、舟なら船頭がいる。

「親分、まちげえねえ。一味には、町人もいやすぜ」

佐太郎が、声を大きくして言った。

そんなやり取りをしている間に、ふたりは黒田屋の店の近くまで来ていた。

「親分、あれが黒田屋でさァ」

佐太郎が通り沿いにある大店を指差した。

土蔵造りの二階建ての店である。店の脇には、材木をしまう倉庫が二棟、裏手には土蔵もあった。

「さて、どうするか」

ふたりは路傍に立って黒田屋に目をやった。繁盛している店らしく、印半纏姿《しるしばんてん》の奉公人や船頭、川並《かわなみ》などが頻繁に出入りしている。

「親分、店に入《へえ》って訊きやすか」

佐太郎が言った。

「なんて訊くんだい。お花ってえ娘さんはどこにいるかって、訊くのかい」

弥八が渋い顔をした。

「そんなことは訊けませんや。それとなく、お花ちゃんらしい女児を見なかったか、訊くんでさァ」

「店に入《へえ》ってへたな話をすると、千坂の旦那のお孫さんの行方を探っているとばれちまうぜ。それよりな、船頭にでも訊いてみようじゃァねえか」

弥八は、あそこを見ろ、と黒田屋の斜前《はすまえ》にある桟橋を指差した。数艘の猪牙舟が舫《もや》ってあり、船頭らしい男がふたりいた。材木でも運んだ後であろうか。船梁《ふなばり》に腰を下ろして煙管《キセル》を手にして一服していた。

「そうしやしょう」

佐太郎は首をすくめ、飛び跳ねるように桟橋にむかった。

船頭は桟橋に下りてきた弥八と佐太郎を見て、怪訝な顔をした。見たこともない男がふたり、近付いてきたからであろう。

「ちょいと、ごめんよ」

佐太郎が腰をかがめ、愛想笑いを浮かべて言った。

「なんでえ、おれたちに何か用か」

大柄な男がつっけんどんに言った。三十がらみであろうか。眉が濃く、唇の厚い男だった。

悪相である。手にした煙管の雁首《がんくび》の先から立ち上った白煙が、川風に流されて消えていく。

「訊きてえことがあってな」

弥八が舟に近寄り、低い声で言った。

「本所であったんだがな、下駄屋の七つになる娘が人攫いに連れていかれたらしいんだ。おめえたち、話を聞いてるかい」

弥八がもっともらしい作り話をした。千坂道場のお花の行方を探っていると気付かせないために、別の娘の話にしたのである。

「聞いてねえが……。親分さんですかい」

大柄な男が戸惑うような顔をして訊いた。

「まァ、そうだ」

弥八は岡っ引きであることを隠さない方が訊きやすいと踏んだのである。

「それがな、人攫いは、侍らしいんだ」

弥八が声をあらためて言った。

「お侍が、人攫いですかい」

もうひとりの痩せた男が、驚いたような顔をして訊いた。顎《あご》に小豆《あずき》粒ほどの黒子《ほくろ》があった。

「侍も、いろいろいるからな。それで、おめえたちは七つほどの娘を連れた侍を見かけなかったかい」

「見てねえ」

そう言って、大柄な男が痩せた男に目をやると、

「おれも見てねえ」

すぐに、痩せた男も言った。

「黒田屋の前《めえ》に立っているうろんな侍を見た者がいるんだがな」

弥八は鎌《かま》をかけてみた。藤兵衛から聞いた話だと、黒田屋と松浦藩とは材木の取引きでかかわりがあるということだった。横瀬はともかく、松浦藩の家臣が黒田屋に来ることはあるだろう。

「うちの店には、お侍がときどき来やすよ。お大名とも取引きしてやすからね」

そう言って、大柄な男が手にした煙管の雁首を船縁《ふなべり》でたたいた。莨《たばこ》の吸い殻が水面に落ち、灰が波間に散って流れていく。

大柄な男は、松浦藩の名を出さなかった。口にするのは、まずいと思っているのかもしれない。

「それにな、黒田屋の船頭が、お侍を猪牙舟《ちょき》に乗せていくのを見た者もいるんだ」

弥八は、横瀬がお花を舟で連れていったのなら、使ったのは黒田屋の持ち舟だろうとみたのだ。そうならば、船頭も黒田屋に雇われている者だろう。

「お大名のご家来を、舟でお連れすることがありやすよ。もっとも、船頭は喜助《きすけ》ときまってい

やすがね」

「喜助は、黒田屋の船頭か」

「船頭にはちげえねえが、材木を運ぶ仕事はしてねえんで」

ふたりの船頭が話したことによると、喜助は黒田屋のあるじの勘兵衛や取引き先の大名の家臣などを舟で送迎する仕事をしているという。

「いま、喜助は店にいるのか」

弥八は喜助にあたってみようと思った。

「店にはいねえ。用のねえときは、店に来ねえんでさァ」

「塒《ねぐら》か」

「へえ、長屋にいるはずでさァ」

大柄な男によると、喜助の住む長兵衛店《ちょうべえだな》は油堀《あぶらぼり》の脇の道を入ってすぐのところにあるという。

「それはそうと、どうして喜助だけが別の仕事してるんだ」

船頭の話だと、喜助が松浦藩士の専属の船頭のようなのだ。

「喜助は、お大名屋敷の中間《ちゅうげん》をしていたことがありやしてね。顔見知りのお侍がいるんでさァ」

もうひとりの痩せた男が言った。

「……………」

大名屋敷とは、松浦藩の屋敷であろう。

弥八は、喜助も横瀬たちと何かかかわりがあるような気がした。喜助が、お花を攫う手助けをしたかもしれない。

「邪魔したな」

そう言い残し、弥八はふたりの船頭のそばを離れた。

通りに出ると、佐太郎が弥八に身を寄せて、

「探るのは、喜助ですかい」

と、訊いた。丸い目がひかっている。

「喜助は何か知ってるぜ」

弥八が小声で言った。

2

彦四郎は、だれもいない道場にひとり来ていた。

道場内は静寂につつまれていた。門弟たちが残していった稽古の余韻がただよっている。

道場の床に立つと、男たちの汗、気合、竹刀を打ち合う音などが、床や板壁などに残っているような気がするのだ。

八ツ（午後二時）ごろだった。午後の稽古が始まるまで半刻（一時間）ほどある。まだ、道場には門弟の姿はなかった。

彦四郎は道場のなかほどに木刀を青眼に構えて立った。彦四郎の脳裏にあるのは、横飛燕の構えをとった横瀬の姿である。

……横瀬は、おれの手で斬る！

彦四郎は、己の胸の内で叫んだ。

彦四郎はお花を人質にとった横瀬がゆるせなかった。彦四郎は一刀流の手繰打で横瀬を斬るつもりだった。

お花が横瀬に勾引《かどわ》かされて七日経っていた。まだ、お花の行方は知れなかった。

彦四郎は、お花の身が心配で凝《じっ》としていられなかった。道場に来て横瀬の遣う横飛燕を破る工夫をしようと思ったのも、不安と恐れに耐えるためでもある。

彦四郎の胸の内にあったちさに対する思いは、薄らいでいた。お花の身を案ずる強い気持ちが、浮ついた彦四郎の心に冷水を浴びせたのかもしれない。

この七日の間、千坂道場ではふだんと変わりなく稽古がおこなわれていたが、活気がなかった。門弟たちもお花が勾引かされたことを知っていて、どうしても気持ちが沈みがちになるようだ。それでも、午前中は以前と変わらず、門弟たちは道場に姿を見せた。木崎、ちさ、佐々木の三人も来ていた。

だが、午後の稽古に来る門弟はすくなかった。彦四郎や里美の気持ちを慮《おもんぱか》って、門弟たちも遠慮しているらしい。ただ、永倉だけはかならず姿を見せ、稽古の後きまってお花のことを訊いた。永倉も、お花の身を案じて凝としていられないらしい。

その永倉も、まだ姿を見せていなかった。

……いくぞ、横瀬！

彦四郎は胸の内で叫び、脳裏に描いた横瀬との間合を狭め始めた。

斬撃の間境に迫るや否や、横瀬が仕掛けた。

シャアッ！

という鋭い気合を発し、刀身を横に払った。彦四郎の眼前を閃光《せんこう》が横一文字にはしる。こうした動きは、小笠原や溝口の動きから、彦四郎にも分かっていたのである。

次の瞬間、横瀬は真っ向へ斬り下ろすために刀身を振り上げた。

すかさず、彦四郎は踏み込み、横瀬の腕を手繰るように刀身を振り上げ、

タアッ！

と鋭い気合を発し、横瀬の左腕を斬り下ろした。

瞬間、横瀬の前腕が棒切れのように飛んだ。彦四郎の籠手斬りは、膂力《りょりょく》のこもった凄まじい斬撃だった。彦四郎の怒りの一刀といっていい。横瀬の前腕は骨ごと截断《せつだん》されて飛んだのだ。

……斬った！

と、彦四郎は思った。

だが、彦四郎には手繰打で横瀬を斬れるかどうか分からなかった。いま、彦四郎が斬ったのは、小笠原と溝口が遣った横飛燕である。おそらく、横瀬の遣う横飛燕は、さらに鋭く迅いだろう。

……もう一手！

彦四郎はふたたび道場のなかほどに立ち、脳裏に描いた横瀬と対峙した。

彦四郎が独り稽古を始めて、小半刻（三十分）も経ったろうか。汗が顔をつたうようになったとき、道場の戸口で複数の足音がした。

木刀を下ろして目をやると、永倉、ちさ、木崎の三人が姿を見せた。何かあったのであろうか。ちさと木崎の顔がこわばっている。それに、ふたりが午後の稽古に来たとは思えなかった。

「お、稽古か」

永倉は彦四郎が木刀を手にして立っているのを見て言った。

「すこし、汗をかこうかと思ってな。……何かあったのか」

彦四郎は、ちさと木崎に目をやって訊いた。

「お師匠の耳に入れておきたいことがあって来ました」

木崎が言った。

「ともかく、座ってくれ」

彦四郎は、道場のなかほどに腰を下ろした。

対座した木崎が、

「お師匠、お嬢さんの行方は知れましたか」

と、訊いた。ちさも心配そうな顔を彦四郎にむけている。

「いや、まだだ」

「久保田から聞いたのですが、横瀬は黒田屋に出入りしていたようです」

久保田たち河津の配下の下目付が黒田屋をあたり、奉公人や出入りしている船頭、川並、木《こ》挽《びき》などからそれとなく聞き込んだという。奉公人は口をつぐんでいたが、川並や木挽などのなかに、小袖にたっつけ袴で網代笠をかぶった武士が黒田屋に入るのを見た者がいたそうだ。

「黒田屋は、横瀬たちに肩入れしているのかもしれんな」

彦四郎が言った。横瀬たちが、黒田屋の隠居所に身を隠していたことからもそれは分かる。肩入れしているとすれば、樋口の要請があってのことだろう。

「それに、横瀬らしき男が黒田屋の猪牙舟で出かけるのを見た者もいます」

「舟か――」

彦四郎は、お花を勾引《かどわ》かすおりに舟を使って連れ去ったのかもしれないと思った。

「花は、黒田屋の家作に監禁されているのかもしれんな」

松浦藩の屋敷でなければ、黒田屋とかかわりのある家屋敷であろう。

「われらも、そうみています」

「うむ……」

だいぶ、探索の範囲が狭まってきた、と彦四郎は思った。

「お師匠、懸念がございます」

木崎が声をあらためて言った。

「なんだ」

「実は、あらたに三人の天羽流の者が国許を発ったという知らせがあったのです」

「なに、天羽流の者が三人だと」

彦四郎が聞き返した。

「はい、おそらく、三人は横瀬と合流するのではないかとみております」

「すると、横飛燕を遣う者が四人になるということか」

「そうなります。……ですが、あらたにくわわる三人は、横瀬や溝口ほどの腕ではないとみております」

木崎によると、三人とも国許でも名の知れた遣い手ではないという。

そのとき、彦四郎と木崎のやり取りを聞いていた永倉が、

「そうか！　読めたぞ」

と、急に大きな声を出した。

「お花どのを攫ったのは、そのためだ。時を稼ぐためだよ。三人の者が江戸に着くまで、千坂道場のおれたちの動きを封じておくつもりなのだ。そのために、お花どのを人質にとったにちがいない」

「永倉の言うとおりだな」

彦四郎も、横瀬がお花を人質にとったのは、あらたに国許を発った三人の仲間が江戸に着くまでの時間稼ぎだろうと思った。もしそうならば、三人が江戸に着いて横瀬たちと合流すれば、人質はいらなくなる。

……その前に花を助け出さねば、命があやうい！

彦四郎の胸に、不安と焦りが衝き上げてきた。

彦四郎は何も言わなかったが、胸の内が木崎やちさに分かったらしく、

「お師匠、お嬢さんを助け出すためならどんなことでもいたします」

ちさが言った。その顔には、必死さがあった。

小笠原と溝口を斬った後で見せた女の顔ではなかった。兄の敵討ちの助太刀をしてくれ、しかも剣の師匠でもある彦四郎の恩に報いようとする顔だった。お花が攫われたことで、己の彦四郎に対する恋慕《おもい》は胸の底に押し込めたらしい。

3

「親分、棒縞《ぼうじま》ですぜ」

佐太郎が、路地木戸から出てきた男の着物を見て言った。

弥八と佐太郎は、長兵衛店の路地木戸の斜前にいた。ふたりは、路傍の椿《つばき》の陰で喜助が出てくるのを待っていたのだ。

「喜助だな」

弥八たちは半刻（一時間）ほど前、路地木戸から長屋に入り、井戸端にいた女房から話を聞いた。女房によると、喜助は昼間から家でぶらぶらしていることが多いという。いまも、喜助は家にいるそうだ。

弥八たちは、女房から聞いた喜助の家の腰高障子《こしだかしょうじ》からなかを覗き、喜助の顔は見えなかったが、着ていた棒縞の単衣《ひとえ》だけが目に入ったのだ。

喜助は三十代半ばであろうか。背が高く、面長で顎がとがっていた。すこし猫背である。

「やつをつかまえやすか」

佐太郎が勢い込んで言った。

「つかまえてどうする」

「お花ちゃんの監禁場所を聞き出すんでさァ」

「だめだ。横瀬たちは喜助がつかまったと知ったら、喜助が口を割る前《めえ》にお孫さんを別の場所に移しちまうぜ。下手をすると、お孫さんに手をかけるかもしれねえ」

「そついはまずい」

佐太郎が、首をすくめながら言った。

そんなやり取りをしている間に喜助は、油堀沿いの通りに出て大川の方へ足をむけた。

「佐太郎、やつの跡を尾けるんだ」

弥八たちは椿の陰から通りに出た。

先を行く喜助は大川端へ出ると、川沿いの道を川上にむかった。

七ツ半（午後五時）ごろだろうか。陽は西の空にまわっていた。大川は夕陽を映じて、淡い茜色に染まっていた。まだ船影は多く、猪牙舟、屋根船、茶船などが行き交っている。

大川端の通りにも、ちらほら人影があった。仕事を終えたぼてふり、風呂敷包みを背負った行商人らしい男、遊びから帰る子供たちなどが足早に通り過ぎていく。

喜助は大川端に出て二町ほど歩くと、ふいに川岸に身を寄せて石段を下り始めた。石段を下りた先にちいさな桟橋があった。猪牙舟が、数艘舫ってある。近くにある船宿と米問屋の持ち舟らしい。

「親分、やつは舟に乗りやしたぜ」

佐太郎が川岸に身を寄せて桟橋に目をやった。

「どこへ行くつもりだ」

黒田屋でないことは確かである。黒田屋は、すぐ近くだった。舟など使うことはないのである。

喜助は一艘の舟に乗り、舫い綱をはずし始めた。舟を出す気らしい。

「それにしても、どうして、ここなんだい。この先に黒田屋の桟橋があるじゃァねえか」

弥八は、黒田屋に奉公している喜助なら、どこに行くにしろ黒田屋専用の桟橋に舫ってある舟を使うはずだと思った。

「行き先を、黒田屋の者にも知られたくねえんですぜ」

佐太郎が喜助に目をやりながら言った。

「佐太郎、おめえの言うとおりだ」

ふたりが、そんなやり取りをしてる間に、喜助は舟を桟橋から離し、水押《みお》しを対岸の日本橋の方へむけた。

「やつの後を追うんだ」

弥八が、小走りに桟橋にむかった。

「お、親分、川を泳いで渡るんですかい。……む、向こう岸までは、泳げねえ」

佐太郎が、困惑したように顔をゆがめた。

「ばか、舟だ」

「あっしらの乗る舟は、どこにあるんで」

佐太郎が慌てて弥八の後を追ってきた。

「桟橋に、あるじゃァねえか」

「ありゃァ、あっしらの舟じゃァねえ」

「ちょいと、借りるだけだ。ことわってる暇はねえ」

言いながら、弥八は石段を駆け下り桟橋に出た。

そして、弥八は端に舫ってある舟に飛び乗ると、

「佐太郎、舟を漕げるか」

と、訊いた。

「親分、だめだ、あっしは舟に乗るだけで――」

佐太郎は、船底に屈み船縁をつかんで言った。立ち上がる様子もない。

「いくじのねえやろうだ。おれが漕ぐ。おめえは目の玉をひん剝いて、喜助の舟を見てろ。見逃すんじゃァねえぞ」

そう言って、弥八は舫い綱をはずした。

「へ、へい」

「舟を出すぞ」

弥八は艫《とも》に立って櫓《ろ》を手にし、舟を桟橋から離した。

ふたりの乗る舟は水押しを日本橋の方にむけ、大川を横切っていく。

「親分、中洲《なかす》の方へ行きやすぜ」

佐太郎が喜助の乗る舟を見つめながら言った。

中洲は、新大橋の下流にある浅瀬である。

「やつの舟は、川口橋をくぐりやした！」

佐太郎が大声で言った。

川口橋は、浜町堀の入り口にかかっている。どうやら、喜助の舟は浜町堀に入ったらしい。

「親分、早く、早く！　やつの舟が見えなくなっちまった」

「ギャァギャァ騒ぐな。おれだって、一所懸命漕いでるんだ」

弥八は、顔を赭黒《あかぐろ》く染めて懸命に櫓を漕いだ。

弥八たちの舟も大川を横切り、川口橋をくぐって浜町堀に入った。

「あそこだ！」

佐太郎が前方を指差して声を上げた。

二町ほど先に、喜助の乗る舟が見えた。艫に立ち、慣れた様子で櫓を漕いでいる。

「どこへ行く気だい」

弥八も、櫓を漕ぐ手をすこしゆるめた。近付きすぎると、喜助に気付かれるのだ。

4

「親分、やつが舟を着けやしたぜ」

佐太郎が前方を見ながら言った。

喜助の舟は浜町堀にかかる千鳥橋の手前まで来ると、右手にある船寄に船縁を寄せた。そして、杭に舫い綱をかけてから船寄に下りたった。

「佐太郎、やつを見失うな。よく見てろ」

弥八は櫓を漕ぐ手に力を込めながら言った。

「へい」

佐太郎は船底に腰を下ろしたまま首を伸ばし、喜助の姿を目で追っている。

喜助は土手の短い小径をたどって、掘割沿いの通りに出た。千鳥橋の方へ歩いていく。

通り沿いには町家がつづいていた。このあたりは、日本橋橘町《たちばなちょう》である。

「親分、早く！　やつの姿が見えなくなっちまう」

「いま、着けるぜ」

弥八は船寄に船縁を寄せた。

「佐太郎、先に行け！」

弥八が声をかけると、佐太郎は船寄に飛び下りた。

佐太郎は小径を駆け上がり、掘割沿いの通りに出て千鳥橋の方へ目をむけた。

一方、弥八は急いで舫い綱を杭に縛ってから船寄へ下りた。そして、掘割沿いの通りに駆け上がり、佐太郎の後を追った。

佐太郎の前方に、喜助の後ろ姿がちいさく見えた。

弥八は佐太郎に追いつくと、

「間をつめるぜ」

と言って、小走りになった。喜助が離れすぎていたので、もうすこし近付こうと思ったのである。

前を行く喜助が右手にまがり、その姿が見えなくなった。路地があるらしい。

弥八と佐太郎は走って路地の角まで来た。

「いやすぜ」

佐太郎が小声で言った。

一町ほど先に、喜助の姿があった。弥八たちが走ったので、喜助との間がつまったようだ。

弥八たちが路地に入って歩きだしたときだった。

ふいに、喜助が路地沿いにある仕舞屋の前で足をとめた。弥八たちは、慌てて路傍に身を寄せた。喜助が振り返りそうな素振りを見せたからである。だが、喜助は振り返ることもなく仕舞屋の戸口に近付いて引き戸をあけ、家のなかに入っていった。

「親分、だれの家ですかね」

佐太郎が小声で言った。

借家らしい造りだった。同じ造りの家が二軒並んでいる。

「さァな。ともかく、近付いてみるか」

弥八と佐太郎は通行人を装って、喜助が入った家に近付いた。路地には、ぽつぽつ人影があったので、普通に歩いていれば、不審を抱かれることはないはずである。

近付くと、二軒ではなく四軒あることが分かった。路地に面して建っている二軒の後ろに、さらに二軒同じような造りの家が建っていた。前の二軒の脇を通って、後ろの家に行けるようになっている。

人が住んでいるのは、前の二軒だけらしかった。前の二軒は物音や人声がしたが、後ろの家はひっそりとしていた。それに、戸口や脇の板戸がしまっている。

ふたりは、家の前を通り過ぎて半町ほど歩いてから足をとめた。

「親分、どうしやす」

佐太郎が訊いた。

「そうだな、近所で聞き込んでみるか」

弥八は、だれが住んでいるのか知りたかった。それに、借家の持ち主も気になった。

路地の左右に目をやると、小体な店がいくつかあった。八百屋、魚屋、下駄屋など、日々の暮らしに必要な物を売る店が多いようだ。

「そこの八百屋はどうです」

佐太郎が斜向かいにある八百屋を指差して言った。

「近すぎるな」

喜助が入った家と、半町ほどしか離れていなかった。弥八は、喜助が入った家の住人にお花のことを探っていたと気付かれたくなかった。下手をすると、お花の命を奪われるかもしれない。

「その先の店屋はどうです。遠くて、何を商《あきな》ってるか分からねえが」

佐太郎が言った。

「行ってみるか」

弥八たちは、八百屋の前を通り過ぎ、さらに一町ほど歩いて店屋の前まで来た。

春米屋《つきごめや》だった。店先から覗くと、唐臼《からうす》の脇に店の親爺らしい男がいた。前垂れが、糠《ぬか》で黄色みを帯びている。男は米俵のなかから玄米を手ですくって見つめていた。これから搗《つ》く米の品定めをしているのだろう。

「ごめんよ」

弥八が声をかけてから店に入った。佐太郎はニヤニヤしながら跟《つ》いてきた。

「何か用ですかい」

親爺は手にした玄米を俵のなかにもどし、怪訝な顔をして弥八たちを見た。店に入ってきた弥八たちを客とは思わなかったのだろう。

「ちょいと、訊きてえことがあってな」

そう言うと、弥八は懐から巾着を取り出し、波銭を何枚かつまみ出して、親爺に握らせてやった。

「こりゃァ、どうも」

親爺は首をすくめるようにして頭を下げ、愛想笑いを浮かべた。

「この先に四軒、借家らしい家があるな」

「ありやすが」

「こいつがな、所帯を持ちてえらしいんだが、なまいきに長屋は嫌だとぬかしてな。借家を探してるのよ」

弥八が、後ろに立っている佐太郎に顔をむけて言った。むろん、作り話である。

佐太郎は、へらへらと笑っている。弥八が親爺から話を聞き出すために言い出したと分かっていたからである。

「見たところ、後ろの二軒は空き家のようじゃァねえか」

「二軒はあいてるようですよ」

親爺が言った。

「それで、だれの持ち家だい」

「材木問屋の黒田屋ですよ」

「佐賀町にある黒田屋だな」

黒田屋の家作である。黒田屋は材木の商いだけでなく、家作も持っているようだ。

「そうでさァ」

「前の二軒だが、だれが住んでるんだい」

「お侍のようですよ」

「侍だと！」

弥八が驚いたような顔をして聞き返した。

「なんでも、陸奥国のお大名のご家来で、泉谷新兵衛さまと聞いてますよ」

「泉谷な」

藤兵衛から泉谷という名は聞いていなかったが、泉谷は松浦藩の家臣にまちがいないだろう。

「ところで、もう一軒はだれが住んでるんだい。まさか、ひとりで二軒借りてるわけじゃァねえだろう」

「もう一軒もお侍が住んでるらしいが、だれだか分からねえなァ」

親爺によると、ちかごろ侍が出入りするようになったが、名も身分も分からないという。見たところ、牢人ではないそうだ。

「…………」

弥八は横瀬ではないかと思い、人相や風体《ふうてい》を訊くと、顔の浅黒い中背の武士で、たっつけ袴を穿いているのを何度か見かけたことがあるという。弥八は横瀬に間違いないと思い、藤兵衛に話しておこうと思った。

「ところで、昨日来て家の前を通ったとき、子供の泣き声が聞こえたんだがな。どちらかの家に、子供がいるのかい」

弥八は、お花が監禁されていないかどうか訊いたのである。お花が連れてこられれば、外に泣き声が洩れるだろう。

「子供はいませんよ」

親爺によると、二軒とも住んでいるのは武士だけで女子供はいないそうだ。

弥八は親爺から一通り話を聞き終えると、

「おい、どうする。お侍が隣に住んでるんじゃァ窮屈だぜ」

と、佐太郎に訊いた。

「やめときやすよ。お侍と近所付き合いはできねえや」

佐太郎がもっともらしい顔をして言った。

「親爺、聞いたとおりだ。……手間をとらせちまったな」

弥八は親爺に礼を言って、店の外へ出た。

弥八と佐太郎は、来た道を引き返した。今日のところはこれまでにして、藤兵衛に話をしておこうと思ったのである。

5

橘町へ出かけた翌日、弥八と佐太郎は柳橋に出かけた。華村にいる藤兵衛に会って、探ったことを話しておくつもりだった。

藤兵衛はふたりを帳場に上げた。お花の行方を探してくれているふたりに茶ぐらい出してやろうと思ったのである。

由江に頼んでふたりに茶を出してもらうと、

「女将さん、ごっそうになりやす」

弥八が照れたような顔をして言った。

「お師匠も、すっかり料理屋の旦那らしくなりやしたね」

脇に座した佐太郎が、首をすくめながら世辞を言った。

藤兵衛は由江が座敷から出て行くとすぐに、

「それで、花の居所が知れたのか」

と、訊いた。藤兵衛も、お花のことが心配でならなかったのだ。

「それが、まだ、お孫さんの居所はつかめねえんで」

「そうか」

藤兵衛は残念そうな顔をして視線を膝先に落とした。

「横瀬らしい男のことが分かりやしたんで、ともかく旦那の耳に入れておこうと思って来たんでさァ」

そう前置きし、弥八と佐太郎とで喜助の跡を尾けたことから、橘町の黒田屋の家作に泉谷新兵衛と横瀬らしき武士が住んでいることまでを話した。

「そこに、花が閉じ込められているのではないか」

藤兵衛は、横瀬たちがその借家をお花の監禁場所として使っているのではないかと思った。

「近所で訊いただけですがね、お孫さんはいねえようなんで……」

弥八は語尾を濁した。弥八も、いないとはっきり言えなかったのである。

「お師匠、喜助を締め上げてみやすか」

佐太郎が勢い込んで言った。

「それは、駄目だ。わしらが喜助を捕らえたことを知れば、横瀬たちはまちがいなく監禁場所を変える。それに、花を始末してしまうかもしれんぞ」

藤兵衛は、お花を助け出すまでは下手に手を出せないと思っていた。

「旦那、横瀬を尾けてみやすか」

弥八が顔をひきしめて言った。横瀬を尾けるのは、命懸けだと分かっているのだ。気付かれれば、返り討ちに遭うだろう。

「わしも、行こう」

「旦那が」

「そうだ。隠居ふうに身を変えれば、千坂道場とかかわりのある者には見えまい」

藤兵衛は、弥八と佐太郎だけにまかせておけないと思った。

「それで、いつから」

「早い方がいい。今日からだな」

「承知しやした」

さっそく、藤兵衛は弥八と佐太郎を待たせておいて、袖なしと軽衫《カルサン》に着替え、脇差だけを帯びた。藤兵衛は華村にいるとき、隠居ふうの身装《みなり》でいることがあったのだ。

藤兵衛は由江に三人分の茶漬けを作ってもらい、弥八たちと腹拵《はらごしら》えをしてから華村を出た。

七ツ（午後四時）ごろだろうか。陽は西の空にまわっていたが、まだ陽射しは強かった。藤兵衛たち三人は柳橋を渡り、賑やかな両国広小路を抜けて、横山町の表通りを日本橋の方へむかった。しばらく歩くと、浜町堀にかかる緑橋のたもとに出た。橋のたもとを左手におれて浜町堀沿いの道を行けば、橘町へ出られる。

千鳥橋のたもとまで来たとき、

「このまま借家へ行きやすか」

と、弥八が訊いた。途中で、借家の様子を訊いてからという手もあったのだ。

「まず、借家を見てみよう」

藤兵衛は、家に横瀬がいるかどうかだけでも確かめたかった。

「お師匠、こっちですぜ」

佐太郎が先に立った。

左手の路地に入って間もなく、佐太郎が足をとめ、

「お師匠、半町ほど先の右手でさァ」

と言って、指差した。

なるほど、路地沿いに二軒、後ろに二軒、似たような造りの仕舞屋が並んでいた。

「路地沿いの二軒に、泉谷新兵衛と横瀬が住んでるらしいんですがね」

弥八が言った。

「家の前まで行ってみるか」

藤兵衛は通りすがりに、家のなかの様子を見てみようと思った。

三人はそのまま歩き、借家の前まで来てすこし歩調をゆるめて聞き耳をたてた。だが、家のなかはひっそりとして物音も人声も聞こえなかった。もう一軒の家も、同じだった。物音が聞

こえないばかりか人のいる気配もない。

二軒の家の前を通り過ぎてから、

「留守のようだな」

と、藤兵衛が言った。

「出かけたのかもしれねえ」

と、佐太郎。

「すこし、様子を見てみるか」

藤兵衛は路地の先に目をやり、どこかに身を隠して二軒の家を見張る場所はないか探した。

「旦那、あの店の脇はどうです」

弥八が指差した。

五軒ほど先に、表戸をしめた小体な店屋があった。何を商っていた店か分からないが、古い店で庇《ひさし》が朽ちかけていた。店がつぶれて放置されたままなのだろう。人も住んでいないようだった。店の脇の狭い空き地には、丈の高い雑草が生い茂っていた。

「あそこなら、身を隠せそうだ」

藤兵衛たち三人は、空き家の脇の雑草の陰に身を隠した。

陽が西の家並のむこうに沈みかけていた。路地には蜜柑色《みかんいろ》の夕陽が射していたが、隣家の陰になっている藤兵衛たちの周囲は、淡い夕闇が忍び寄ってきている。静かな夕暮れ時である。

「お師匠、侍が何人も来やすぜ」

佐太郎が、草藪《くさやぶ》から首を突き出すようにして言った。

路地の先に、数人の人影が見えた。遠方ではっきりしなかったが、いずれも武士である。袴姿で二刀を帯びていた。

五人である。ふたりは羽織袴姿だった。三人は旅装らしい。たっつけ袴で網代笠をかぶり、腰に打飼《うちがい》を巻いているようだった。

五人の武士は、四軒の借家の方に近付いてくる。しだいに、顔や体付きがはっきりしてきた。

「おい、横瀬ではないか」

藤兵衛は五人の先頭に立っている羽織袴の武士が、横瀬ではないかと思った。中背で、どっしりと腰が据わっていた。歩く姿にも隙がない。

……旅姿の三人は、江戸にむかった天羽流の三人ではあるまいか！

藤兵衛は、彦四郎からあらたに天羽流の三人が、松浦藩の国許から江戸にむかい、横瀬たちと合流するらしいと聞いていたのだ。

横瀬と泉谷が天羽流の三人を街道筋に迎えに出て、ここへ連れて来たようだ、と藤兵衛は思った。

五人の武士は一軒の借家の前に立ち、引き戸をあけて家のなかに入った。

「お師匠、五人もいやしたぜ」

佐太郎が、驚いたような顔をして言った。

「三人は、あらたにくわわった横瀬の仲間かもしれんな」

「旦那、どうしやす」

弥八が訊いた。

「家に近付いてみよう」

戸口近くまで行けば、家のなかの話が聞き取れるかもしれない。

6

藤兵衛たちは、すぐに動かなかった。空き地の雑草の陰に身を隠したまま辺りが薄暗くなるのを待った。明るいうちは、横瀬たちの目にとまる恐れがあったからだ。それに、横瀬たちの家のそばに身を隠していると、通りすがりの者が不審に思うだろう。

横瀬たちのいる家から灯《ひ》が洩れていた。近付くと、男たちの談笑の声が路地まで聞こえてきた。一軒の家に集まっているらしく、他の家は夜陰につつまれ、ひっそりと静まっている。

藤兵衛たち三人は足音を忍ばせ、隣家との間の暗がりにもぐり込んだ。そこは板塀になっていたが近くに格子の出窓があり、そこから話し声が洩れてきた。

酒盛りをしているらしかった。「飲め」とか「もう一杯」などという声に混じって、ときどき瀬戸物の触れ合うような音が聞こえた。おそらく、貧乏徳利の酒を湯飲みで飲んでいるのだろう。横瀬と泉谷が用意しておいた酒で、出府した三人の仲間を歓待しているのではあるまいか。

「いい気なもんだ」

佐太郎が、声を殺して言った。

藤兵衛は口に指を当て、しゃべるな、と指示した。ここで、横瀬たちに気付かれたら藤兵衛たち三人は皆殺しになるだろう。天羽流の遣い手が横瀬をはじめ、四人もいるのである。

佐太郎は首をすくめて照れたような顔をしたが、すぐに表情をひきしめて口を強く結んだ。

家のなかから話し声が聞こえてきた。

……一刀流の道場の遣い手が、小暮の娘や木崎たちに味方しているそうだが、まことなのか。

胴間声の主が訊いた。江戸に着いた三人のなかのひとりらしい。

……千坂道場といってな。道場主と師範代はなかなかの遣い手だ。

そう言ったのは、横瀬らしい。家にいる五人のなかで、彦四郎たち千坂道場のことを知っているのは横瀬だけであろう。

……小笠原と溝口が殺《や》られたのは、そいつらの助太刀があったからだな。

別の声の男が訊いた。

……そうだ。おれと樋口さまの手の者だけでは、家老を襲うこともできん。

……おれたちが、来たのだ。すぐにも、家老を仕留めようではないか。

もうひとり、しゃがれ声の男が言った。

……焦ることはない。家老も用心していてな、警護を増やしているので迂闊に仕掛ければ、返り討ちに遭うぞ。……なに、機会はいくらでもある。そのうち、家老も隙を見せるはずだ。

横瀬が、まァ、飲め、と言い添えた。

貧乏徳利で酒をついでやったらしく、かすかに瀬戸物の触れ合うような音がした。

……だが、機会を待っているうちに、おれたちが小暮の娘や千坂たちに襲われるのではないのか。小笠原や溝口の二の舞いはごめんだぞ。

胴間声の男が言った。

……それがな、小暮の娘も千坂道場の者も、おれたちには手が出せないのだ。ちかごろは、道場に籠って、外にも出なくなったぞ。

そう言った横瀬の声に、笑いが含まれていた。

……どういうことだ。

……人質をとったのだ。おれたちに手を出せば、人質を殺すと脅してある。

……だれだ、人質は。

しゃがれ声の男が訊いた。

……知らぬ方がいい。すぐ近くに押し込めてあるから、そのうち分かるだろうがな。

横瀬が笑い声で言った。

次に口をひらく者がなく、座敷が静まったが、

……みんな、今夜はゆっくりやって旅の疲れをとってくれ。

別の男が、甲高いひびきのある声で言った。泉谷らしい。

それから、小半刻（三十分）ほどして、藤兵衛たちはその場から離れた。座敷の話が、とりとめのない旅の出来事や江戸での暮らしなどになったからである。

路地に出るとすぐ、弥八が、

「旦那、お孫さんは、この近くに閉じ込められているようですぜ」

と、目をひからせて言った。

「そのようだ」

横瀬が、すぐ近くに押し込めてある、と口にしたのだ。

……花は、この近くに監禁されているようだが、どこであろう。

藤兵衛は辺りに視線をまわした。

弥八と佐太郎も、路傍に立ったまま辺りに目をやっている。

路地沿いには小体な店や仕舞屋、長屋などがあった。その家並は夜陰につつまれ、黒く沈んだように見えていた。戸口から洩れた淡い灯が、ぽつぽつとつづいている。どの家にも、人が住んでいるようだ。

お花を監禁しておけるような家は見当たらなかった。

……それらしい家はないが。

と、藤兵衛が胸の内でつぶやいたとき、横瀬たちが酒盛りをしている家の裏手にある家が目にとまった。夜陰のなかに、黒い輪郭だけを見せている。

「弥八、裏手の家ではないかな」

藤兵衛が言った。横瀬たちが住んでいる家と同じように黒田屋の持ち家である。空き家になっている裏手の家を、横瀬たちに使わせてもすこしもおかしくない。それに、裏手の家に閉じ込めておけば、お花の監禁先を探す者たちの目から逃れることもできる。

「あっしも、そんな気がしやす」

弥八が低い声で言った。双眸が夜陰のなかで、うすく底びかりしている。

「探ってみよう」

藤兵衛たちはふたたび足音を忍ばせ、酒盛りしている家の脇を通って裏手の家に近付いた。

裏の空き家は、戸口も窓も板戸がしめてあった。藤兵衛たちは、そっと戸口に近付き、しめてある引き戸を引いてみた。動かない。さる（戸の框《かまち》に取り付け、敷居や柱に差し込む木片）で戸締まりしてあるのかもしれない。

「だ、旦那、なかにだれかいやすぜ」

弥八が声を殺して言った。

家のなかで、かすかに物音がした。床板を踏むような音である。それに、戸の隙間から覗くと、ぼんやりと灯の色が見えた。

藤兵衛は聞き耳を立てた。足音はお花のものではないようだ。大人を思わせる重い足音である。つづいて、障子をあける音がした。

かすかに畳を踏むような音が聞こえたが、それっきり物音は聞こえなくなった。

……花は、ここにいる！

藤兵衛は、まちがいなくお花はこの家に監禁されているとみた。


翌朝、まだ暗いうちに藤兵衛は千坂道場に出かけた。

母屋で彦四郎と里美に会い、横瀬とあらたにくわわった天羽流の三人が、橘町にある黒田屋の家作に身をひそめていることを話してから、

「その裏手の家に、花が監禁されているようだ」

と、言い添えた。

「まことですか！」

思わず、彦四郎が声を上げた。

里美も息をつめて、藤兵衛を見つめている。

「まだ、確かめてないが、まちがいないとみている」

「すぐに、お花を助けに行きます」

里美が、立ち上がろうとした。

「待て、里美」

藤兵衛が制した。

「迂闊に動いてはならん。花は、人質にとられているのだ」

藤兵衛の声には、千坂道場の主だったころの重いひびきがあった。

「は、はい」

里美は座りなおした。

「横瀬たちに気付かれぬようにせねばな。まず、花は監禁されている家のどこに閉じ込められているか、つかんでからだ。それに、見張り役はだれなのかも知りたい」

藤兵衛は、家のなかの足音を聞いていた。大人の重い足音である。

「わたしが、探ってみます」

彦四郎が言った。

「いや、わしと弥八とでもう一度探ってみる。彦四郎たちは、まだ道場から動かぬ方がいい。横瀬たちも、道場の動きに目を配っているようだからな」

「…………」

彦四郎は無言でうなずいた。

「監禁されている花の様子が知れたら、一気に仕掛けて横瀬たちも討つ」

藤兵衛が語気を強くして言った。

「はい」

藤兵衛と彦四郎は、顔を見合わせてうなずきあった。

里美はふたりの男に目をむけたまま何も言わなかったが、不安そうだった目に強いひかりが宿っている。

第六章　父と娘

1

「なに！　お花どのの監禁場所が知れたのか」

永倉が声を上げた。

道場の奥の客間に、彦四郎、藤兵衛、永倉、木崎、佐々木、ちさの六人が集まっていた。まず、彦四郎がお花の監禁場所が知れたことを話した。

「日本橋橘町にある黒田屋の家作だ」

藤兵衛が、四軒あるうちの一軒がお花の監禁場所になっていることを話し、

「その家作に、横瀬をはじめ天羽流の四人がいっしょに住んでおる」

と、言い添えた。

「やはり、国許から来た三人は横瀬と合流したか」

木崎が言った。

「それに、泉谷新兵衛と相馬盛之助という男もいるようだ」

藤兵衛が、彦四郎にお花の監禁場所が知れたことを話してから三日過ぎていた。この間、藤兵衛は弥八たちと二度橘町に出かけ、暗闇にまぎれて借家に近付き、横瀬や泉谷の話を盗聴していた。その結果、お花が横瀬の住む家の裏手の家に閉じ込められていることがはっきりした。それに、数日前から相馬が泉谷といっしょに住むようになり、ふたりで交替してお花を見張っていることも知れた。

お花が閉じ込められている部屋は、はっきりしなかった。ただ、四軒とも大きな家ではなく、台所の他に二、三間しかないようなので、踏み込んで探せば手間はかからないはずである。

「相馬は、そんなところに身をひそめていたのか」

木崎によると、相馬は樋口の指示で藩邸を出た後、町宿の者といっしょに住んでいることになっていたが、その町宿がどこにあるか分からなかったという。

「いずれにしろ、これで、花の監禁場所も横瀬たちの隠れ家も知れたわけだな」

藤兵衛が、集まった者たちに視線をまわして言った。

「すぐに、乗り込もう」

永倉が、勢い込んで言った。

「仕掛けるのは早い方がいいが、まず、人質にとられている花を助け出さねばならぬぞ」

藤兵衛が言うと、一同がいっせいにうなずいた。

「花のそばで見張っているのは、ひとりですね」

彦四郎が念を押すようにして訊いた。

「他に、喜助という船頭がいるかもしれぬ」

藤兵衛によると、喜助が黒田屋と横瀬たちとの連絡役《つなぎ》で、食べ物や衣類なども借家にとどけているという。それに、喜助はお花が監禁されている家にも出入りし、めしを炊いたりすることもあるようだ。そうしたことは、藤兵衛たちがひそんでいたとき、喜助があらわれ、横瀬たちと話していた内容で分かったのである。

「花が監禁されている家には、相馬か泉谷、それに喜助がいるとみればいいわけですね」

彦四郎が言った。

「そうだな」

「ならば、先にわたしと永倉とで踏み込み、花を助けたいのですが」

彦四郎が言うと、

「承知した」

永倉が、声を大きくして応えた。

そのとき、黙って話を聞いていたちさが、

「わたしも、お嬢さんを助けに、お師匠といっしょに行かせてください」

と、訴えるような口調で言った。

「ちさどのにも頼もう」

彦四郎が言った。ちさは小太刀を遣う。家のなかの咄嗟の攻撃は、ちさの小太刀の技が役に立つかもしれない。それに、女なら状況によって花を預けておくこともできるだろう。

「よし、花を助け出すのは、彦四郎、永倉、それにちさどのにまかせよう」

藤兵衛が言った。

お花が監禁されている家にいるのは、相馬か泉谷、それに喜助がいるかどうかである。藤兵衛は戦力として彦四郎と永倉だけで十分な気がしたが、お花が人質にとられていることも念頭において、ちさも必要だと思ったのである。

「よいか、わしらが横瀬たちに仕掛けるのは、花を助けた後だぞ」

藤兵衛が念を押すように言った。

「承知しています」

木崎が言うと、彦四郎たちもうなずいた。

「それで、松浦藩からは、ここにいる三人の他にだれがくわわるのだ」

藤兵衛が訊いた。

彦四郎たちを除くと、藤兵衛、木崎、佐々木の三人だけになる。敵は、横瀬をはじめ天羽流の遣い手が四人、それに相馬か泉谷のどちらかがいることになる。いかに藤兵衛が遣い手であっても、太刀打ちできないだろう。

「河津どのの他に、三人くわわるはずです」

木崎が、久保田と小菅、それに伊東吉蔵《いとうよしぞう》という男の名を口にした。伊東は徒組だが、清重の遠縁にあたる男で腕が立つという。

「都合七人か」

藤兵衛がつぶやいたとき、

「われらも、花を助けしだい闘いにくわわります」

と彦四郎が言った。

すると、ちさが、

「横瀬は、兄の敵のひとりです。一太刀なりと、浴びせとうございます」

と、藤兵衛を見すえて言った。細い目が、切っ先のようにひかっている。剣客を思わせる鋭い目である。

「これで、手筈は決まったな」

「いつ、踏み込みます」

彦四郎が訊いた。

「明日、未明――」

藤兵衛が一同に視線をまわして言った。

彦四郎と藤兵衛が道場から母屋にもどり、居間に腰を下ろすとすぐに里美が入ってきた。里美は思いつめたような顔をしていた。

彦四郎は里美が座るのを待ってから、明日の未明にお花を助けに行くことを話した。

すると、里美が、

「わたしも、行きます」

と、強い口調で言った。

「うむ……」

藤兵衛はいっとき虚空に視線をとめて黙考していたが、

「里美、ここは彦四郎とわしにまかせろ。里美は家にいて、花が帰ってきたら出迎えてやれ」

と、諭すような声で言った。

「で、でも、わたしも……」

里美が声をつまらせて言った。

「花が閉じ込められている家には、武士がひとりしかいないのだ。そこに、彦四郎をはじめ三人で踏み込み、花を助け出す手筈になっている。……里美は安心して家で待っているがいい」

藤兵衛は、里美が監禁されているお花を見て、取り乱すのではないかと思ったのだ。それに、里美が剣術の稽古をやめて三年ほど経つ。藤兵衛は、稽古をやめればすぐに体の動きがにぶくなることを知っていた。気持ちばかりが逸《はや》って体がついていかず、思わぬ不覚をとるかもしれない。

里美が視線を膝先に落として黙っていると、

「花は、おれがかならず連れもどす。里美は、家で待っていてくれ」

彦四郎が里美を見つめ、いたわるように言った。

「はい……」

里美は顔を上げ、彦四郎と藤兵衛に目をむけてうなずいた。

2

満天の星空だった。月が皓々《こうこう》とかがやいている。すこし風があり、神田川の岸辺に群生した葦《あし》が、サワサワと揺れていた。

寅ノ上刻（午前三時過ぎ）ごろである。神田川沿いの家々は、ひっそりと夜の帳《とばり》につつまれている。

神田川にかかる新シ橋近くの桟橋に、いくつもの人影があった。彦四郎、藤兵衛、永倉、ちさ、佐々木、それに弥八である。

彦四郎たちは、これから日本橋橘町に舟で行き、お花を助け出し、横瀬たちを討つつもりだった。

木崎は河津たちと合流し、徒歩で橋町へ行くことになっていた。また、佐太郎は昨夜から橋町へ出かけ、横瀬たちの隠れ家を見張っているはずである。

「舟に乗ってくだせえ」

弥八が彦四郎たちに声をかけた。

彦四郎たちが乗り込むと、弥八はすぐに舟を出し、水押しを川下にむけた。舟は神田川の川面をすべるように下っていく。

舟が大川に出ると、弥八は水押しをふたたび川下にむけた。弥八は艫に立ったまま櫓《ろ》を使わず、流れに舟をまかせている。

大川は無数の波の起伏を刻みながら、轟々《ごうごう》と地鳴りのような音をひびかせて流れていた。日中は猪牙舟、屋根船、屋形船、荷を積んだ艀《はしけ》などが行き交っているのだが、いまは船影もなく、黒ずんだ川面が両国橋につづく新大橋の彼方までつづいている。その先は、夜陰のなかに呑み込まれ、混沌《こんとん》とした闇だけがひろがっていた。

弥八は新大橋の手前まで来ると、水押しを日本橋の陸に寄せ、岸寄りを進んで浜町堀にかかる川口橋をくぐった。

浜町堀に入ると、大川の流れの音が聞こえなくなり急に静かになった。堀沿いに繁茂した蘆《ろ》荻《てき》の風にそよぐ音が聞こえてきた。堀の両側には、大名屋敷や大身の旗本の屋敷がつづいていたが、やがて町家だけになった。夜陰のなかに町家の屋根が、黒々と折り重なるようにつづいている。

前方に千鳥橋が見えてきた。

「舟をとめやすぜ」

弥八が声をかけ、右手にある船寄に舟を寄せた。

船縁が船寄に付くと、彦四郎たちは舟から飛び下りた。弥八は舫い綱を杭につないでから舟を下りた。

「こっちです」

佐々木が先に立った。木崎や河津たちと待ち合わせる場所を佐々木が知っていたのである。

木崎たちは、千鳥橋のたもと近くの柳の陰にいた。総勢、四人である。いずれも、小袖にたっつけ袴で、足元を紺足袋《こんたび》と草鞋《わらじ》でかためていた。

彦四郎と木崎たちは、お互い名だけ口にした。藤兵衛と伊東は、初めて顔を合わせる者がいたのである。

「久保田どのの姿がないが」

彦四郎が訊いた。

「久保田は、横瀬たちがひそんでいる家の様子を見にいっています。すぐに、もどるはずですが」

木崎が答えた。

いっとき待つと、久保田がもどってきた。

「変わった様子はありません。横瀬たちは、寝入っているようです」

久保田の話では、足音を忍ばせて家の戸口に身を寄せると、家のなかからかすかに夜具を動かすような音と鼾《いびき》が聞こえたという。通り沿いにある家なので、板戸越しに聞こえたのであろう。

「そろそろ頃合だな」

藤兵衛が東の空に目をやって言った。

茜色がひろがっていた。上空もだいぶ明るくなり、星のまたたきが弱々しくなっている。浜町堀の辺りもほんのりと白んできて、黒ずんだ水面がはっきりと識別できるようになってきた。ただ、樹陰や家々の軒下などにはまだ夜陰が残り、どの家も寝静まっている。

「まいろうか」

彦四郎が一同に声をかけた。

彦四郎たちは、浜町堀沿いの道から右手におれて路地に入った。間もなく、前方に四軒の仕舞屋が見えてきた。路地に人影はなく、どの家もひっそりとしたたたずまいを見せている。

「旦那、佐太郎ですぜ」

弥八が藤兵衛に身を寄せて小声で言った。

佐太郎が足早に近付いてくる。佐太郎は昨夜から横瀬たちの隠れ家を見張っていたのだ。彦四郎たちの姿を目にして、何か知らせに来たのであろう。

「佐太郎、何かあったか」

彦四郎が訊いた。

藤兵衛や木崎たちも、足をとめて佐太郎に目をやっている。松浦藩の者は佐太郎を知らないが、彦四郎が名を呼んだので手先とみたようだ。

「やつらの様子が知れやしたぜ」

佐太郎によると、昨夕、相馬と喜助の姿を見たという。ふたりは横瀬が住まいとしている家の脇を通って、裏手の家に入ったそうだ。お花が監禁されている家である。

「ふたりは、裏手の家に入ったままか」

彦四郎が念を押すように訊いた。

「へい、ふたりとも家から出てきやせん」

「すると、いまも相馬と喜助は裏手の家にいるのだな」

彦四郎が、永倉とちさにも聞こえる声で言った。お花の見張り役は、相馬と喜助らしい。

「それで、横瀬たちは」

「手前の家にいるようです」

佐太郎によると、泉谷だけは自分の家にいるという。

「となると、横瀬といっしょにいるのは天羽流の三人だけか」

「へい」

「ならば、手筈どおりだ」

彦四郎が、集まっている者たちに視線をまわして言った。

「行くぞ」

彦四郎たちは足音を忍ばせて横瀬たちの隠れ家に近付いた。

横瀬たちのいる家の前まで来ると、彦四郎、永倉、ちさ、それに弥八が裏手の家にむかった。いよいよ、お花が監禁されている家に踏み込むのである。

藤兵衛たちは、彦四郎たちがお花を助け出すまで横瀬たちに手を出さず、家の戸口をかためていることになっていた。横瀬たちを裏手の家に行かせないためである。

彦四郎たち四人は、裏手の家の戸口に立った。

彦四郎は念のために戸口の引き戸に手をかけて引いてみたが、まったく動かなかった。藤兵衛から聞いていたとおりである。

「弥八、頼むぞ」

彦四郎が小声で言った。すでに、戸があかないことを念頭に、策を考えていたのだ。

「へい」

弥八は、足音を忍ばせて家の脇にまわり、戸口に近い部屋に近付いた。弥八は家の造りから、戸口から奥に三部屋ほどあるとみていた。お花が監禁されているのは、奥の部屋であろう。相馬と喜助は、手前と次の部屋に寝ているにちがいない。それも推測にすぎず、どちらの部屋にだれがいるかも分からなかった。ただ、手前の部屋がお花の監禁場所でないことは確かなようだ。

そこは、板戸がしめてあった。耳を近付けると、かすかに鼾が聞こえた。子供の鼾ではない。相馬か喜助であろう。

弥八は板戸をコツコツとたたき、「黒田屋から来やした。起きてくだせえ」と忍び声で言った。板戸をたたく音も声も、前の家にまでとどかないように気をつけたのだ。なかなか、鼾はとまらなかった。なかの男は、眠ったままである。

そのとき、寝返りでもしたらしく、夜具を撥ね除けるような音がし、ふいに鼾の音がとまった。そして、「だれだい」という濁声《だみごえ》が聞こえた。喜助らしい。

「黒田屋から使いで来やした」

弥八が小声で言った。

「使いだと……」

戸のむこうで、喜助が身を起こしたらしい気配がした。

「へい、家のなかに松浦藩のご家臣の方がおられるとか」

「いるよ。……おめえ、だれだい」

畳を踏む音が聞こえた。喜助が板戸のそばに近寄ってきたらしい。

「又次郎《またじろう》でさァ」

弥八は適当な偽名を口にした。

「又次郎だと……。知らねえなァ」

「あっしは川並をやってるんですがね。……旦那の勘兵衛さんから、喜助さんに渡すように頼まれてあずかってきた物があるんでさァ」

弥八は、黒田屋で船頭をしている喜助も川並なら知らない者がいるだろうとみて、そう言ったのである。

「何をあずかってきたんでえ」

「あっしはなかを見てねえが、鳥目《ちょうもく》のようですよ」

「そいつはありがてえ」

喜助の声が、急にやわらいだ。

「戸口にまわってくだせえ。渡したら、あっしはすぐに帰《けえ》りやす。仕事に遅れると、頭にどやされるんでさァ」

「すぐ、行くぜ」

板戸のそばから離れる足音が聞こえた。

弥八はいそいで戸口にもどった。戸口の脇には、彦四郎、永倉、ちさの三人が身をひそめていた。

弥八は彦四郎たちにうなずき、うまくいったことを知らせた。

引き戸のむこうで、土間に下りる音がし、

「いま、あけるぜ」

と、喜助の声が聞こえた。

戸口で、さるをはずすような音がし、ゴトというかすかな音とともに引き戸があいた。

すかさず、戸口の脇にいた彦四郎があいた戸を手で押さえながら、土間へ踏み込んだ。

「て、てめえは！」

喜助が驚愕に目を剝いて、後じさった。

彦四郎はすばやく踏み込み、喜助に当て身をくれた。一瞬の早業《はやわざ》である。

グッ、と喉のつまったような呻き声を上げ、喜助は腹を押さえてよろめいた。そして、上がり框のそばにへたり込んだ。

「千坂、こいつはおれが押さえておく。奥へ行け！」

永倉が声を上げた。

「まかせた」

彦四郎は、上がり框から踏み込んだ。

ちさがつづく。

3

「だれだ！」

家の奥で、男の声が聞こえた。相馬が戸口の音を耳にし、目を覚ましたらしい。

相馬だけではなかった。横瀬たちも気付いたらしく、前の家からも引き戸をあける音や男の声などが聞こえてきた。

……早く、花を助けねば！

横瀬たちが、この家に来るかもしれない。

彦四郎は抜刀し、右手にある廊下にむかった。廊下は、座敷沿いに奥につづいている。部屋は三部屋あるらしい。

ガラッ、と二部屋目の障子があいた。廊下の突き当たりは暗くてはっきりしなかったが、台所のようだ。

姿を見せたのは、寝間着姿の男だった。抜き身をひっ提げている。相馬のようだ。様子を見るために、廊下に出てきたらしい。

彦四郎は相馬に駆け寄った。

「きさま、千坂か！」

ひき攣《つ》ったような声で叫び、相馬は反転した。奥の部屋へ行こうとしている。お花を人質にする気らしい。

彦四郎はすばやく相馬の背後に迫り、駆け寄りざま斬りつけた。

ギャッ、と叫び、相馬が前につんのめるように泳いだ。体勢をくずし、咄嗟に左手を障子に伸ばした。

バリバリと、障子が桟ごと破れた。相馬の体が倒れかかるのにあわせて、障子がひらいた。そこは、相馬がいた部屋である。

相馬はわめき声を上げながら、座敷を這って逃れた。背中が裂けて血が噴いていたが、致命傷になるような深手ではない。

「ちさどの、奥の部屋へ！」

彦四郎は叫びざま、相馬が逃れた座敷に飛び込んだ。お花のいる隣の部屋との境がどうなっているか分からなかった。相馬が隣の部屋へ入る前に、斬らねばならない。

そこは、寝間のようだった。夜具が、乱れたままひろがっている。

ヒッ、ヒッ、と相馬は喉のつまったような悲鳴を上げ、搔巻《かいまき》や布団の上を這って逃れた。隣の部屋との間は、襖になっていた。相馬は襖の方へ逃れようとしている。

「逃さぬ！」

叫びざま、彦四郎が相馬の脇から斬り込んだ。

瞬間、相馬の首が前にかしぎ、首筋から血が飛び散った。彦四郎の一撃が、相馬の首を深く斬ったのである。

相馬は頭から前につっ伏した。首筋から奔騰《ほんとう》した血が襖に飛び散り、バラバラと乾いた音をひびかせた。相馬は俯《うつぶ》せになったまま動かなかった。絶命したようである。

「花！」

彦四郎は、襖をあけた。

部屋の隅に、お花とちさがいた。ちさが、後ろ手に縛られているお花のしごき帯を解《ほど》いてやっている。

「花！」

彦四郎は座敷に踏み込み、もう一度声をかけた。

お花が、丸く目を瞠《みひら》いて彦四郎を見た。

「父上！」

お花は彦四郎を見つめたまま立ち上がり、両腕を伸ばして彦四郎に駆け寄ってきた。

ヒシと、彦四郎はお花を抱き締めた。

お花は膝をついた彦四郎の胸に顔をうずめ、オンオンと声を上げて泣きだした。彦四郎はお花のちいさな体をつつみこむように腕をまわして抱き締めている。

ちさは座敷の隅にひとり立って、父と娘の姿を見ていた。

……わたしは、この男《ひと》といっしょになれない。

と、ちさは胸の内でつぶやいた。

抱き合った彦四郎とお花の姿には、割って入ることのできない父と娘の強い絆があった。ちさの胸のなかにあった彦四郎に対する恋慕《おもい》が萎《しぼ》んでいく——。それに替わって、悲しみと切なさの入り交じったような思いが膨らんできた。ただ、不思議なことに安堵《あんど》感《かん》と喜びのような感情もあった。心を寄せた男の不幸を目にせずに済んだせいかもしれない。

座敷の隅で、ちさが彦四郎とお花に目をむけていたのは、ほんのいっときだった。

戸口の先から、男たちの怒声や気合などが聞こえてきた。前の家から飛び出してきた横瀬たちと藤兵衛たちとの闘いが始まったらしい。

彦四郎はお花を抱き上げて廊下に出た。すぐに、ちさがつづいた。

戸口には、永倉と弥八、それに佐太郎の姿もあった。喜助は後ろ手に縛られていた。弥八が持っていた細引《ほそびき》で縛ったらしい。

「お花どの、無事か！」

永倉が、彦四郎に抱かれているお花を見て声を上げた。

「熊ちゃん……」

お花が小声で言って、笑った。すこしやつれていたが、嬉しそうな顔である。

永倉はお花の頭を撫でてやった後、

「千坂、藤兵衛どのたちがあやういぞ」

と、顔をひきしめて言った。

戸口の先から、激しい気合、刀身のはじき合う音、雑草を踏み分ける音などが聞こえてきた。

「弥八、佐太郎、お花を頼むぞ」

彦四郎は、お花を佐太郎にあずけた。お花は門弟の佐太郎とは何度も顔を合わせていたので、嫌がらなかった。

「へ、へい。お花ちゃんは、あっしと親分で守りやす」

佐太郎が勢い込んで言った。

「永倉、ちさどの、行くぞ」

彦四郎は戸口から飛び出した。

「おお！」

と声を上げ、永倉が飛び出し、ちさがつづいた。

家の脇と、家の前の路地で何人もの男たちが闘っていた。東の空に曙色がひろがり、辺りは白んでいた。人影が交差し、男たちの手にした刀身が銀色《しろがねいろ》にひかり、気合や刀身のはじき合う音が聞こえた。

「横瀬は、あそこに！」

声を上げ、駆けだしたのはちさだった。

彦四郎がちさにつづき、永倉は別の敵の前に走った。

横瀬と対峙しているのは、木崎だった。わきに、佐々木がいる。横瀬は寝間着姿だった。寝間から、着替えずに飛び出したらしい。ただ、寝間着の裾を高くからげて後ろ帯に挟んでいるので、足捌《あしさば》きに支障はないようだ。

4

「横瀬、勝負！」

彦四郎が、木崎のそばに走り寄った。

木崎はすぐに後じさり、その場をあけた。木崎の着物の左肩が裂けていた。かすかに血の色もあった。敵刃を浴びたらしい。だが、浅手のようだった。

つづいて、横瀬の左手にまわり込んだちさが、

「兄の敵！」

と叫びざま、小脇差を横瀬にむけた。

ちさの顔が豹変《ひょうへん》していた。彦四郎がお花を抱き締めていたとき見せた女の面貌《かお》ではなかった。顔がひきしまり、双眸が切っ先のようにひかっている。剣客としてのちさの面貌だった。

「天羽流、横飛燕、受けてみよ！」

横瀬が八相から両肘を下げ、切っ先を右手にむけて刀身を寝かせた。やや腰を沈め、左足を

わずかに前に出している。横飛燕の構えである。

……こやつ、遣い手だ！

と、彦四郎はみてとった。溝口より、構えがどっしりとしていた。それに、下から衝き上げてくるような威圧感がある。

「一刀流、手繰打！」

彦四郎は青眼に構え、切っ先を横瀬の喉元につけた。手繰打で、横飛燕と立ち向かうつもりだった。

横瀬が驚いたような顔をした。彦四郎の構えに隙がなく、剣尖に、そのまま喉元を突いてくるような威圧感があったからだろう。だが、横瀬はすぐに表情を消した。

ちさは右手を前に突き出すように構え、小脇差を横瀬にむけていた。刀を手にした敵と対峙したときの小太刀の構えである。

「いくぞ！」

横瀬がすこしずつ間合を狭めてきた。

ザッ、ザッ、と横瀬の足元で音がした。爪先で雑草を分けているのである。

対する彦四郎は動かなかった。横瀬が横飛燕をはなつ機をうかがっている。その初太刀は分かっていた。やや遠間《とおま》から、横一文字に刀身を払うはずである。その刃光が、対峙した敵の目を奪うのだ。

ジリ、ジリと横瀬が迫ってきた。間合が狭まるにつれ、ふたりの全身に気勢がみなぎり、斬撃の気配が高まってきた。

彦四郎は敵に全神経を集中していた。時のとまったような静寂と緊張がふたりをつつんでいる。

ふいに、横瀬の足元から聞こえていた叢を分ける音がとまった。一足一刀の一歩手前である。

そのとき、横瀬の全身に斬撃の気がはしった。

……くる！

と彦四郎が察知した瞬間、
シャァッ！

という鋭い気合とともに、横瀬の体が躍動した。

刃光が、彦四郎の眼前を横一文字にはしった。横飛燕の初太刀である。

一瞬、彦四郎は目を奪われたが、かまわず前に踏み込んだ。次の瞬間、横瀬が刀身を振り上げた。

すばやく、彦四郎が横瀬の右腕を手繰るように籠手へ斬り込んだ。神速の太刀捌きである。

間髪《かんはつ》をいれず、横瀬が真っ向から斬り下ろした。

迅《はや》い！

横一文字から真っ向へ。横瀬の横飛燕は、溝口や小笠原より迅かった。

バサッ、と彦四郎の左肩から胸にかけて着物が裂けた。真っ向ではない。横瀬の切っ先が真っ向からそれている。籠手へ斬り込んだ彦四郎の切っ先が横瀬の右の前腕をとらえ、真っ向への斬撃がそれたのだ。

次の瞬間、彦四郎と横瀬は後ろへ跳んで間合をとった。

ふたたび、ふたりは青眼と横飛燕の八相に構えあった。

「お師匠！」

ちさが、叫んだ。

彦四郎の肩先に血の色があった。一方、横瀬の右腕も裂け、タラタラと血が流れ落ちている。だが、ふたりとも浅手だった。命にかかわるような傷ではない。刀も自在にふるえる。

「相打ちか」

横瀬が彦四郎を見すえてくぐもった声で言った。彦四郎を見つめた双眸に、射るようなひかりがあった。浅黒い顔が紅潮し、うすい唇が血を含んだような赤みを帯びている。横瀬は、血を見たことで気が昂っているようだ。

横瀬がふたたび間合を狭め始めた。

彦四郎は気を鎮めて横瀬の斬撃の起こりをとらえようとした。

一足一刀の間境の手前で、横瀬の寄り身がとまった。横瀬が全身に激しい気勢を込め、斬撃の気配を見せた。

そのとき、ちさが左手から踏み込んだ。

瞬間、横瀬の気が乱れた。この一瞬の隙を彦四郎がとらえた。

ヤアッ！

裂帛の気合を発し、斬撃の気配を見せて一歩踏み込んだ。誘いだった。横瀬の横飛燕に初太刀をふるわせるためである。

シャアッ！

という気合とともに、横瀬の体が躍った。

次の瞬間、彦四郎の眼前を刃光が横一文字にはしった。

が、彦四郎は刃光に目をうばわれなかった。一瞬、視線を横瀬の腰にむけたのである。間髪をいれず、彦四郎は踏み込みざま横瀬の右腕を手繰るようにして籠手へ斬り込んだ。一刀流の手繰打である。

ザクッ、と横瀬の右の二の腕が裂けた。次の瞬間、横瀬が真っ向へ斬り込んだ。横飛燕の二の太刀である。

横瀬の切っ先が、彦四郎の肩先をかすめて空を斬った。右腕を斬られたために、太刀筋が乱れたのである。

横瀬が体勢をくずして前に泳いだ。

すかさず、彦四郎は反転して踏み込み、刀身を横に払った。

骨肉を截断するにぶい音がし、横瀬の右腕が棒切れのように足元に落ちた。彦四郎の一撃が腕を截断したのである。

横瀬は足をとめてその場につっ立った。刀を取り落としている。截断された右腕から、筧《かけい》の水のように血が流れ落ちた。

「おのれ！」

横瀬は目尻をつり上げ、歯を剝き出し、憤怒の形相で彦四郎を睨んでいる。

「ちさどの、いまだ！」

彦四郎が叫んだ。

「兄の敵！」

ちさが、横瀬の斜前から踏み込み、手にした小脇差を横瀬の胸に突き刺した。素早い寄り身である。

グワッ、と叫び声を上げ、横瀬は身をそらしたが、その場に立ったまま左手でちさの肩先をつかんだ。

横瀬はちさの肩先をつかんだまま低い呻き声を上げてつっ立っていた。横瀬とちさは体を寄せたまま動かなかった。

ふいに、横瀬がちさの肩先をつかんだ左手を伸ばし、ちさを突き離そうとした。そのとき、ゆらっと横瀬の体が揺れ、腰からくずれるように転倒した。

仰向けに倒れた横瀬の胸から血が迸り出ていた。横瀬は目を剝き、何か叫ぼうとしたらしいが、口が動いただけで声にならなかった。

ガクッ、と横瀬の顔が横をむき、そのまま動かなくなった。横瀬は目を剝いたまま絶命した。

ちさは血にまみれた小脇差を手にし、目をつり上げ、口を強く結んでいた。小脇差の切っ先が小刻みに震えている。

彦四郎はちさに近寄り、

「みごと、横瀬も討ったな」

と声をかけると、すぐに藤兵衛や木崎たちに目を転じた。闘いの場に駆けつけようと思ったのである。

だが、彦四郎とちさが駆け付けるまでもなかった。闘いは終わりかけていた。残っていた敵のひとりが、永倉の斬撃を浴びて身をのけぞらせたところだった。もうひとりは血まみれになって、叢にへたり込んでいた。その前に木崎が立ち、切っ先をむけている。

藤兵衛は家の前の路地に立っていた。足元に男がひとり倒れている。天羽流一門のひとりを討ち取ったらしい。

いっときして、闘いは終わった。

横瀬をはじめとする天羽流一門の四人を討ち取り、隣家にいた泉谷を捕らえた。相馬は彦四郎が斬り、喜助を捕らえたので、隠れ家にいた七人の敵はひとりも逃さず始末できたことになる。

ただ、味方も無傷ではなかった。木崎、久保田、佐々木、小菅の四人が敵刃を浴びていた。久保田は深手だったが、木崎たち三人は軽傷である。

久保田は肩先から袈裟に斬られ、出血が多かった。とりあえず、河津たちが久保田の手当をした。こんなときに備えて持参した晒で久保田の傷口を縛り、出血を抑えたのである。

藤兵衛が彦四郎に抱かれているお花に目をやりながら、

「花、道場に帰ろう」

と、声をかけた。

「はい」

お花が嬉しそうに答えた。

朝陽が東の家並のむこうに顔を出し、あちこちから人声や戸を開け閉めする音などが聞こえてきた。借家の前の路地には、朝の早いぼてふりや出職の職人などの姿があった。すでに、江戸の町は動き出している。

5

「ちささんたち、どの辺りまで行ったかしら」

里美が庭に目をやりながら言った。

母屋の居間に、彦四郎、里美、藤兵衛、お花の四人がいた。あけられた障子の向こうに、榎の太い幹が見えた。庭には初夏の陽が満ちていたが、榎の下は涼しげな影につつまれている。

彦四郎たちは里美が淹れてくれた茶を飲んでいたが、お花だけは夢中で落雁《らくがん》を食べていた。落雁は、藤兵衛が華村から道場に来る途中で買ってきたのである。

「そうよな。千住あたりまで、行ったかな」

藤兵衛が湯飲みを手にしたまま言った。

彦四郎や藤兵衛たちが橘町の横瀬たちの隠れ家を襲い、お花を助け出し、横瀬たちを討ち取ってから二十日ほど過ぎていた。

今朝方、旅装束のちさ、木崎、佐々木、それに平吉の四人が、道場に立ち寄った。四人の話だと、これから国許に向かうのだという。ちさは兄の敵を討ち、討っ手の任務も終えたので帰参することになったらしい。また、木崎と佐々木は、江戸家老、森野と大目付、清重の命で、此度《こたび》の件の子細を城代家老の大増弥左衛門に報《し》らせる使者として国許にむかうことになったそうだ。

木崎の話では、大増から藩主の板倉盛重に上申され、ちかいうちに樋口や次席家老、土浦に対する沙汰が下されるだろうという。

「ちささんはお国に帰っても、剣術の稽古をつづけるそうですよ」

里美が藤兵衛に言った。

ちさが、国に帰ったら小暮道場で小暮流の稽古をつづけたい、と彦四郎と里美の前で口にしたのだ。そのとき、藤兵衛はまだ千坂道場に顔を見せていなかったのである。

ちさたちが立ち寄ったとき、彦四郎はちさと里美のやり取りを耳にし、己がちさに抱いた情欲が胸をよぎった。

彦四郎とちさがそれぞれの胸に抱いた男女の情を、里美が知っていたかどうか分からなかった。勘のいい里美は、彦四郎とちさの思いに気付いていたかもしれない。

だが、いま、彦四郎の胸の内でちさとのことは一夜の淡い夢のように消えていこうとしていた。

……花がおれたちの心の絆を強くしてくれたのだ。

と、彦四郎は思った。

彦四郎の心の内にあった情欲や迷いを断ち切ってくれたのはお花だった。お花は彦四郎だけではなく、里美の心もすくってくれたのではあるまいか。お花がいなくなったとき、彦四郎と里美はお花がかけがえのない存在だと気付き、心をひとつにすることができたのだ。

「あのちさという娘御は、若いころの里美を見るようだったな。いや、里美より男勝りだったぞ」

そう言って、藤兵衛はうまそうに茶を飲んだ。

「ちさどのの小太刀は、なかなかのものでしたよ」

　彦四郎が言った。

「ちさどのは、小暮一門のなかの腕のたつ者と一緒になり、小暮流を継ぐのではないかな。里美と同じようにな」

　藤兵衛がそう言って里美に目をむけると、里美は頬を赤らめ、

「父上、わたしは、ここ三年ほど竹刀を握っていません。もう、竹刀の振り方も忘れてしまいました」

　そう言って、膝先に置いてあった急須に手を伸ばし、藤兵衛の湯飲みに茶をついでやった。

「ところで、黒田屋だが、何ゆえ留守居役の樋口や刺客の横瀬たちにあれほど肩入れしたのだ」

　藤兵衛が声をあらためて訊いた。

「くわしいことは知りませんが、木崎や河津どのの話では、藩専売の材木などの取引きのさい、黒田屋と樋口、それに国許の土浦らが結託して不正を働き、本来藩庫に入るべき金で私腹を肥やしていたようです」

　黒田屋は材木問屋であるが、藩の専売である材木、木炭、漆などを江戸に運び、材木以外はそれぞれの問屋に売りさばいていたという。そのさい、江戸への廻漕費《かいそうひ》を実際より高く見積もったり、実際より安く売ったことにしたりして、浮かせた多額の金を黒田屋が手にしていたと

いう。その金の多くが、樋口や国許の土浦に渡っていたそうだ。

樋口や土浦は、そうやって手にした金で藩の重臣たちを籠絡《ろうらく》したり、藩主の奥方に贈物などをして取り入り、いずれ城代家老に昇進して藩の実権を握ろうとしたらしい。

そうした不正に、藩の帳簿類を調べていた国許の勘定吟味役の者が気付き、勘定奉行の秋月に報告した。

「秋月が不正を調べ始めたことを知った土浦は、天羽流の横瀬たちに命じ、下城する秋月たち勘定方一行を襲って暗殺させたようです」

彦四郎が、これまで木崎や河津たちから聞いていたこともまじえて藤兵衛に話した。

大目付の清重をはじめ、木崎や河津が捕らえていた富永、それに泉谷、喜助などを吟味し、さらにあらためて黒田屋の帳簿類や請書などを調べた結果、樋口や土浦の悪事があきらかになったそうである。

「ところで、横瀬たち天羽流一門の者たちだが、土浦や樋口の配下ではあるまい。なにゆえ、土浦たちの指図にしたがっていたのだ」

藤兵衛が訊いた。

「これもはっきりしませんが、木崎の話では、土浦と横瀬たちとの間で、土浦が城代家老になった後、横瀬を藩の剣術指南役にし、天羽流を藩の御流儀にするとの約定《やくじょう》があったのではないかということです」

天羽流の門人の多くは、軽格の藩士や郷士などだった。天羽流が藩の御流儀となり、剣術指南役に就けるとなれば、命を懸けて土浦の意に従って闘うだろう。

「なるほどな。……それで、黒田屋だけはお咎《とが》めなしか」

藤兵衛が不服そうな顔をした。

「黒田屋は、江戸に住む町人ですからね。松浦藩の手で捕らえて、処罰するわけにはいかないようですよ。それに、藩としてもあまり騒ぎを大きくしたくないようです。藩の恥を天下に晒すようなものですからね。……ただ、松浦藩としては、黒田屋とのかかわりをいっさい切るそうです。当然、これまでの黒田屋からの借金もすべて棒引きになるでしょうね」

彦四郎が話した。

「黒田屋にとって、大きな痛手となるわけか」

「それに、黒田屋は商人にとって大事な信用を失うでしょう」

黒田屋が不正な取引きをしたために松浦藩との縁が切れたことは、隠していても商人たちには知れ渡るはずである。

「黒田屋も相応の処罰を受けるということだな」

「そうなります」

彦四郎は、黒田屋についてもそれなりの始末がついたのではないかと思っていた。

そのとき、お花が立ち上がり、トコトコと座敷の隅に行き、立て掛けてあったお花用の短い木刀を手にした。大人たちの話を聞いているのに飽きたらしい。

「父上」

お花は木刀を手にしたまま彦四郎のそばに来た。

「なんだ」

「花は、父上といっしょに剣術の稽古をしたい」

そう言うと、お花は手にした木刀を青眼に構えてみせた。

「ひとり忘れていたぞ、わが家の女剣士を」

藤兵衛が笑いながら言った。

「よし、指南してやろう」

彦四郎が立ち上がった。

里美が喜び勇んで庭に向かうお花と彦四郎のたくましい背に目をむけながら、

「まだ、お花は豆剣士ね」

と言って、笑みを浮かべた。

それからいっときすると、庭からお花の気合と榎の幹を木刀でたたく音が聞こえてきた。

本書は書き下ろしです。

〈著者紹介〉
鳥羽　亮　1946年生まれ。埼玉大学教育学部卒業。90年「剣の道殺人事件」で第36回江戸川乱歩賞を受賞。自らの剣道体験をもとにした剣豪シリーズ、時代ミステリーで活躍している。主な著書に『剣客春秋　縁の剣』(小社)、『首売り長屋日月譚　この命一両二分に候』『影目付仕置帳　鬼哭啾啾』(幻冬舎時代小説文庫)などがある。

剣客春秋親子草　恋しのぶ
2012年10月26日　第1刷発行

著　者　鳥羽 亮
発行者　見城 徹

発行所　株式会社 幻冬舎
〒151-0051 東京都渋谷区千駄ヶ谷4-9-7

電話:03(5411)6211(編集)
03(5411)6222(営業)
振替:00120-8-767643
印刷・製本所:株式会社 光邦

検印廃止

ISBN978-4-344-02267-6 C0093
幻冬舎ホームページアドレス　http://www.gentosha.co.jp/

この本に関するご意見・ご感想をメールでお寄せいただく場合は、
comment@gentosha.co.jpまで。